琴剑诗系·全国公安实力派诗人丛书

沈国徐
诗选

全国公安文联／选编

群众出版社
·北京·

图书在版编目（CIP）数据

沈国徐诗选 / 全国公安文联编 . —北京：群众出版社，2016. 10
（琴剑诗系·全国公安实力派诗人丛书）
ISBN 978 -7 -5014 -5576 -8

Ⅰ. ①沈… Ⅱ. ①全… Ⅲ. ①诗集—中国—当代 Ⅳ. ①I227

中国版本图书馆 CIP 数据核字（2016）第 228209 号

沈国徐诗选

全国公安文联 选编

出版发行：群众出版社
地　　址：北京市丰台区方庄芳星园三区 15 号楼
邮政编码：100078
经　　销：新华书店
印　　刷：北京普瑞德印刷厂

版　　次：2016 年 11 月第 1 版
印　　次：2016 年 11 月第 1 次
印　　张：5
开　　本：880 毫米 ×1230 毫米 1/32
字　　数：120 千字

书　　号：ISBN 978 -7 -5014 -5576 -8
定　　价：29. 00 元

网　　址：www. qzcbs. com
电子邮箱：qzcbs@ sohu. com

营销中心电话：010 -83903254
读者服务部电话（门市）：010 -83903257
警官读者俱乐部电话（网购、邮购）：010 -83903253
文艺分社电话：010 -83903973

目 录

抵达白雪

爱的纬度

总序

公安战士的文化风范与盎然诗情

梁鸿鹰

警察有警察的风范，战士有战士的情怀，他们的文化追求，他们的精神世界，值得嘉许和褒扬。托尔斯泰曾经说过，人类被赋予了一项重要工作，那就是精神的成长。而在人精神成长、内心世界丰富的进程中，诗歌往往可以发挥至为重要的作用。有诗情、会写诗的人，他们更会生活，更有工作的激情和爱的能力。放眼全国公安队伍，杨锦、侯马、田湘、胡丘陵等一大批用自己的业余时间在文学世界里驰骋的人，就是有精神追求、有文化情怀的人，他们有作为人民卫士的博大胸襟。同样，他们以诗人永不衰竭的歌喉，歌唱理想、呼唤美好、维护正义，体现出的独特诗情，体现着当代文学的独有风范。

事实上，在我们这个诗的国度里，诗言志，同时诗向来润物细无声。在当代公安文化的建设中，诗歌起到的作用向来十分突出，奋起、担当与参与，使之成为文化的轻骑兵，鼓舞干劲、激扬斗志、暖人心怀。战士有战士的情怀，属于国家；公安人有公安人的诗情，源于责任。因此，当海地维和武警兄弟遇难的时候，诗人、散文家杨锦用发自内心的诗章接战士们的遗体回家，他感叹“大地在颤抖中将海地揉碎，当加勒比海不再湛蓝，哭泣的太子港撕裂为世界最终的伤口。当蓝色贝雷帽被黑暗压埋，心的碎片像瓦砾般散落，无法捡拾”。而当高原舟曲灾难袭来的时候，杨锦写下《格桑花在守望》，“啊，圣洁的高原之花，在风雨中挺立，不放弃绽放，让希望在高原上盛开”。正是这样的诗情，将大爱播撒，将大义传扬。诗人贾卫国与他一样，诗句里充满阳刚之气。面对抗战的英烈，他感慨“我听见　从一只手的血管里　传来轰鸣的声音/牙齿咬碎了　一粒粒子弹在枪膛里屏住呼吸/今天　当我无意中目睹了这座骨头铸就的壁垒/必须提醒我的孩子　这是大地深处从未停息的冲锋”。而在森林公安诗人孙敬伟看来，祖国永远是诗人情怀中最神圣的所在，他想象的世界，永远把祖国置于至高无上的位置，他说“祖国，我宁愿一生饱尝委屈和痛苦/也不愿意让你受到任何伤害/我的诗是溢满眼眶的泪水/永远也写不尽你的欢乐与悲哀”，这是他深沉情愫的最直接表达。

擅长以理性的批判和清醒的历史意识穿行于社会、政治、历史和文化的公共空间的胡丘陵，在这部诗集里，将诗的实用性与纯洁性区别开来。注重从记忆深处提取经验，叙述经由畅想达到人情、人文、悲悯、忧伤和正义，透露出当代诗学别开生面的美学趣味：超美学、杂美学，即把诗学从形式主义的牢笼拯救出来，进入生命、生存、生态的广阔界面。

诗无疆界，诗无达诂，拥有诗情的人，就像掌握了进入多彩人生与瑰丽世界的魔棒与钥匙，他们也许不想刻意追求成为世上无谓的、假意幸福的人，但他们希望成为拥有对故乡、对土地怀有炽烈情怀的人。正如邓醒群所说，“因为小草，因为粮食，因为生命/从今天起，我只专注/神圣而永恒的土地”。诗情的可贵往往源自眼光的独特，因拥有看世界的独特视角而使诗情卓然，这是足以让人羡慕的。如同云南的公安战士舒显富（芒原）感受的那样，一种对抗岁月流逝的冲动使他躁动不安，他说“冷是暖的石磨/而诗人却和时间缠斗，在树下厮磨/杀书，磨字，饮鸩止渴”，我喜欢这“杀书”的劲道，我欢呼这“磨字”的决绝，一个诗人，假如失去了进入诗意世界的独特路径，无异于谋杀了诗意。辽宁的公安诗人杨明山那些致力于古体诗歌创作的成果，格外吸引人，在诗坛上，能够贯通古今，修得一种亲切自然之功，那是很不容易的，比如他的《七绝·寄远》：“迢迢漫道望君时，几缕相思暗自知。却尽铅华一樽酒，清茶两盏再谈诗。”诗、酒、茶、友谊，在他这里浑然一体，言简意赅，同样是因为他掌握了通往诗意的密钥。

我们生活在这个世界上，能够以诗的名义，能够把大千世界缩微在那参差不齐的字句中，能够以蓄意的节奏和随意的韵律表达自己对世界的敬意，把对生活的感悟争取到自己的内心，这种难得的情怀，在逐利的时代显得格外优雅。女诗人刘一民的诗，当歌则歌，当哭则哭，但绝不放弃对深邃与优雅的追求，“比起秋天，冬天更疼我/它从梅花的芳香里，剥出/寂静和风暴，送给我/并让它们将我紧紧拥抱”。这些句子，固然属于女性，但更属于有情怀的战士。而在沈国徐看来，诗是触及灵魂的文体，高于语言、处于文字之外，“能借个地方说话吗/青春不在，故人大多远去/时间就像一把毒药”。这些句子，记录的是对往昔的无奈，在我们的灵魂中，永远留着一块地方，是给一去不复返的东西的，在他的眼里，流逝的，更值得记忆，因为可以随时提醒我们，什么才是真正值得珍视的。李尚朝是20世纪90年代成名的诗人，他的诗情来自生活最富于质感的地方，对一个时代的精神状态有着准确的把握。他在其《大雪》一诗里说，“大雪来得正是时候/十个人看见了仆伏的草/一个人看见了站着的树//我在十一月看到一场大雪/像多年前的灰烬漫天飞洒/一个人站着，像多年前的一团火/雪花硕大，他一语不发”，让人看到精神萎靡的人群里那些人格独立的时代形象。而徐国志永远把最本真、最质朴的诗情送给乡间让他温暖的一切，“时至今日　乡间让我温暖/让我俯瞰一片谷穗的碰撞/秋风在谷底　在河滩　牵出/一条溪水　细细的溪水/试图拉起身后的/大山　让我们沿着河滩/贴近谷底　融入溪水的山涧/追溯秋风的底细　回到土地/深处　回到一棵谷穗的饱满”。这种“饱满”是热爱之后的欣赏，浸透了对燕山草木的深情。孙学军的诗歌文本是他内心的呈现与关照，是他自我灵魂的拯救。他的诗歌文本单纯古朴、秀润纤细、凝重酣畅，是他精神思维的再凸显，更多的时候他关注低处的生存现状，并在山河万物、一草一木、锅碗瓢盆以及琐碎的生活物象里参展，扩及自己的精神维度。他的诗既有深度意象的东西，又能通过适当的叙述营造语境，妙在控制力十足。

这些战士有情怀，这些情怀属于当下，连接着过去与未来，属于最美好的精神创造。

是为序。

（作者系《文艺报》总编、著名文学评论家）

序

关于写诗的那些或类似或独特的经历

沈国徐

我读大学一年级和二年级的时候，时间大多被英语泡掉。父亲在我读大三时，要我去探听一件事情。上世纪 90 年代，普遍用书信往来，手机还是新兴的东西，很贵，用不起。我打听得八九不离十了，便给父亲回信汇报这事。一提笔才知笔重。原来自语文高考后，我已有两年没有写记叙文了。大学的英语老师一直要求我们用英文写作，包括日记。我一提笔，英语语法也被提到笔尖。我写道：我去了解这事了在昨天。隐隐觉得不对，一般英语是把时间放在句子后面，中文好像不是这样。接下来，更怪异的是，诸多想法我都是先在心里形成英文句子，在纸上才换成中文，就像是在做一次翻译。看着那些没有经过心灵的中文，总觉得它们陌生得就像不是我写的那样。

而这就是我自小就在学习与整理的国语，而这就是有着泱泱五千年灿烂历史的象形文字。看着它们冰冷的样子，我忽然泪如雨下。

一个中国人，如果连中文的母语地位都被其他语种取代了，还有什么资格大言不惭地谈如何去报效与振兴祖国？

我们大学有个教研究生英语口语的老师，已快要六十岁，听说他早年留学美国，曾在外交部做翻译工作，他上课的时候，教室外常站满了想出国的学生。这些学生在考GRE之前，唯一梦想的事就是提高自己的英语口语水平。他是这些学生无比崇敬的老师，好像那是一座难得的语言矿藏。他讲课时英语的确流利标准，行云流水，就像是一盘英语磁带。接近下课时，有学生红着脸站起来说，sorry，老师，请您能否用国语把作业再布置一下？他好像是第一次抬头，黑色的眼睛扫了教室一圈，看大家都这么个意思，便重新低下印第斯山脉一样的头颅，第一次用到国语。天啊，他的国语竟然讲得吞吞吐吐，就像用一根发涩的舌头在搅着那些文字，水平差不多就是刚学中文的老外在说中文一样。

这两件事，促使我要对生活于自己身体里的语言进行一次决定性的清算。后来，我决定不再学习英语，我要从头开始，把丢掉的语文捡回来。

从此我冒着英语考试不及格就无法大学毕业（只能结业）的危险重捡语文。先是从字典开始，我要努力认识那些似是而非的百变文字，然后是成语，然后是四书五经。这也使得我的语文有点像是嫁接的样子。从前年少的那一段，我无追求地学习，自然生长；后面的这一段我下足了功夫，迅速膨胀，却因为先天性营养不良，影响到它敦厚庄重的品质。现在仔细反省我的诗歌创作，有两个不足之处，一是较为自我；二是较为松散。这也是许多非中文专业学生的写作特点，没有系统的理论基础，没有足够的学院文化熏陶，于是自我一路，不管天地宽厚。不过，从另外的角度来看，这也是优点，一则不拘泥于派别，兼收并蓄；二则自我特征明显，走出千人一文的窠臼。

从2002年我开始写诗，那时写的大多是古体诗，特别喜欢仿照魏晋时期的古风，想怎么表达就怎么写，不用去考虑韵律的问题。2004

年，我感觉这古诗写来写去，其实古意一点也无，而且束缚得很，于是把目光转向新诗。

那时候正好在图书馆买了一本新诗集，叫《昌耀的诗》，买的时候翻了一下，觉得这个人写得挺好。韩作荣称之为诗人中的诗人，并下结论，这是一个有待进一步研究定位的民族诗人。昌耀的诗，厚重大气，我也是无意间接触，一看就很喜欢，买回来后，才知道昌耀已经走了。这种情境让我想起另一个人，黄家驹。我 1993 年第一次听 Beyond 的《长城》，也是很喜欢，那时黄家驹也已客死日本。我曾一度模仿昌耀的风格，现在骨子里其实也有一些。

刚开始接触新诗，自己也很怕，因为当时只要一翻开诗刊的评论，对新诗的各种看法几近泛滥，甚至到盲人摸象的地步。好像新诗特神秘，戴着面纱，有幸得到她宠幸的人，出来后就只是咳嗽，然后慢吞吞地说，这就是新诗。漳州当时有个诗派叫新死亡诗派，道辉之后，康城又创了个“第三说”。表面静寂的新诗，其实闹哄哄的，你不输出理论，就会被别人的理论埋掉。但谁又能说出几个关于诗的标准，谁又能说服谁？

更可怕的是，很多新诗我都看不懂。一般人看不懂的诗，你说它的现世意义有多大，有多接近诗的本质？当时有两个诗人的论断给了我很大的启发，一个是李小雨，她说新诗不是表达什么的问题，而是如何表达的问题；另一个是邹静之，他的叙述性结构或表达方式让我着迷。我努力地学以致用，写了一些自以为不错的诗歌。2005 年，网络文学兴起，我试着往《榕树下》等网站投了几篇，结果是泥牛入海，倒是小说与散文频频因为有较高点击率而被标上红红的“hot”。

我第一首发表于《闽南日报》的诗是《清晨的鸟鸣》。2007 年，我忽然接到《闽南日报》副刊编辑陈小玲的电话，她要向我约稿，还说，你的几首诗发于前天的《闽南日报》，请看一下。我接近惊喜地听着这个消息在耳朵里炸响着。这几年来，我只是投稿，从不去想有无发表的事；这几年，我接到的总是失望。太多失望有一个好处，就是让人麻木，低着头只顾做事，不问结果。

后来又认识了《闽南日报》副刊的另一编辑老苏。那时我心里想，只有发表了，诗歌才能完成它的使命，否则它就不是完整的诗歌。于是又萌生新的疑问：发表多少诗歌，才能自称为诗人？每当别人说，这是我们的公安诗人，我就觉得脸有些臊——只在市里报纸发表诗歌的人，算诗人吗？

无门无派，无师无宗，无点无拨，一次次的扬弃，仿佛蝴蝶的蜕化。个中孤独与辛苦只有自己清楚，而生活密布着各种稻草，也许其中的一根就有可能压断信心的马背，因此我从不知道我的诗歌之路会走多久，也不去想，只觉得我在冥冥之中进入一个幽静的山谷，而山谷的另一头，有人在等，也许会迷路，也许已等不及先走了。彷徨复彷徨，也曾几次中断诗歌之路。在 2008 年至 2012 年，我对于小说的热度甚至盖过诗歌。小说成为那时我个人的文学大餐，而诗歌充其量只不过是甜点而已，或一杯闲适的下午茶。

2012 年，我被调到办公室。忙，那里实在是忙，忙得我毫无思索文学的头绪，不得不放下钟爱的小说，重新选择缪斯之路。而这得益于诗歌不用花大量的时间去考虑细节铺排问题。关于人类命运的思索，我想我必须寻找另一种文学载体，诗歌的短小以及那时粗糙的表达方式，恰好是首选。于是我又开始专心投入到诗歌创作中。那时网络诗歌方兴未艾，每天有好多诗歌在上面滚动，虽鱼龙混杂，也蔚为可观。我意识到，诗歌理论一直是我的短板，一定要多看看别人的诗歌理论。

也是在那年，得知全国公安文联论坛将举办论坛第一届诗赛。文联的诗歌协会也是在那时成立的。偶尔把诗歌投到文联论坛的诗歌栏目，反响不是很大，倒是认识了南羽、吴顺天、素月绚、苏雨景（一枕落花香）等好友。其实诗歌真的是文学贵族，就连写诗的人也觉得充满清高的气息。

2013年下半年，忽然接到通知，要去一个很僻远的派出所锻炼。我很不安地服从安排。对于工作，我是有些不安的，对于诗歌的创作，倒是一个很好的机会。整个辖区还不到一万人口，乡风淳朴，除了例行的警务工作，几乎没事可做。我抛开一切凡间杂尘，彻底让自己安静与缓慢下来，以闭关的形式，以期能进入诗歌之核的万分之一，终得窥诗歌之秘密。我后来获得第22届柔刚诗歌新人奖的诗作，也是在那时积淀后的一次薄发。

十多年的时间，我在写诗的过程中历经各种扬弃，在扬弃中产生很多想法。体现于诗艺上：刚开始只有诗句，没有诗；后来诗意有了，句子却不够灵活；句子灵活了，诗意却不够厚重。凡此种种，让我觉得，写好一首诗真的不易。两年前一直困惑于诗的理论——新诗究竟有无标准？怎样的表达才算是好诗？现在我越来越注重写诗人自身的内心状态，诗人的性情与人品直接影响到诗作的质量。这正好跟清代学士朱竹君不谋而合，他说：“诗以道性情。性情有厚薄，诗境有深浅。性情厚者，词浅而意深；性情薄者，词深而意浅。”袁枚在《随园诗话》中也认为，“诗者，人之性情者也”，“诗者，不失其赤子之心者也”。

为什么我会对诗人的性情产生兴趣呢？我觉得，诗是内心的一面镜子，是真性情的东西。诗心，就是爱心与童心。没有爱心与童心的人，很难想象他能写出多好的诗歌作品。趋炎附势的人，只能写出轻薄的作品；热衷政治的人，只能写出附和政治与社会的诗；骨子软的人，只能写出没有骨格的诗；投机的人，只能写出无病呻吟的诗；厌世的人，只能写出无作为的诗；喜爱热闹的人，只能写那些风花雪月的诗……而只有怀着爱心与童心的人，才会去关心人世间普世的痛，才会扪心自问，我们的灵魂在哪里，才会去探究人性等重大的触及深层次的，宗教或哲学也在思考的那些基本问题。当然，诗不能解决这些问题，而是给出方向或源自内心的救赎。

因此，诗，就是一个人的内心，诗品就是人品。想写好诗，先从做一个人开始！什么叫诗人？无论他写不写诗，只要保持一颗爱心与童心的人，就是诗人。做人有长短，做人的长长短短其实就是一首最好的诗。

2015 年 7 月 20 日

浅斟低唱

避雨

是他们归意太急
而我也正挡了他们回家的路
我的脸被他们的行李撞痛
他们熙熙攘攘　举家带户
归心似箭　我一抬头
他们乘坐的公共汽车
已开走了　他们激动的泪水
继续沿着前进的方向　打湿
我的肩膀、我的沉思以及
一直在我心头上亮堂的一条路

挤在他们回家的路上
我有些不合时宜
他们很开心地吵闹着
声音里有惊喜
有惶惑、有感叹、有欣慰
我听得最多的还是他们亲吻
的声音　无论抓到了大地还是

我的肩膀　他们啧啧啧地吻着
大力地、热情地吻着
泪水激动地流出来
这是属于他们的时间

我绕开他们
躲到一个避雨的地方
那里已站了好多人
不安地向路的另一头张望
二路汽车正好开了过来
人群蜂拥而上
只落下我正忙着给千里之外的妈妈
打着电话——妈——妈——你还好吧
我下月就回——哦　我这边下雨了

父亲

父亲，你用巴掌大的一块地方
回忆你走过的路
每个烟头都是路边的鲜花
它们次第绽放　次第凋谢
它们是你嘴边哼唱的小曲
它们把你的心思带到很远的地方
你喜欢用那双被岁月泡出条纹
的巴掌盖在你午睡
的脸上　有时我想　那是一双把船
划动的手　有时我想　那是一只蝴蝶
的翅膀

父亲，你用巴掌大的一块地方
放下你所有的幸福与隐私
生活就像你的手掌一样有正面与背面
被抽烟的习惯染黄的两个指节
经常互叠着　成为最接近你的动作
打开夜的包　你在梦中抽着世上

最长的一根烟
它散发着你的呓语你暗中淌下的泪水
你用生活的背面把它点燃
却遇到一个问题：它燃烧的角度
和熄灭的时间　你无法控制
所以你常常失眠　有时我想那是梦游
的一种　有时我想那是生活的一种

父亲，你用巴掌大的一块地方
码起你所有的石头与铁钎
你一辈子都在侍弄着石头
你说　你的手比任何一块石头都硬
大理石、花岗石、墨汁石都是你
前世的情人　你年轻时
一天 24 个小时都蹲在山里头
母亲说　你的手比任何一块石头都冷
松脂的味道透过铁钎进入你的身体
你一辈子侍弄过的石头都有
一个名字　叫别人的家　你给所有的石头
安上了家　你带着一把铁钎回到自己的家
多么漏风的一个地方
你支起火炉　安上抽风的长筒
你需要一整夜的火喂饱那只铁钎
然后用巴掌大的一块地方回忆
你走过路　一根铁钎是你的拐杖

一块石头是你的情人　巴掌外的地方
母亲的眼神和吻比夜还深

父亲，你用巴掌大的一块地方
爱着我的母亲——你的爱人
你曾用最温暖的手心摘下她的心
你说　这一辈子她就是你巴掌里
最香甜的梦　最幸福的爱情
她打碎的瓶瓶碟碟　她惹起的家长里短
都是你做梦的味道　你每天把满含松脂
味道的吻送给了她　你每天把最晚一朵
彩霞带给了她　你腾出巴掌大的一块地方
用厚厚的茧给她描绘着深度幸福的明天
有时她侧过身去　偷偷地擦掉眼角的泪
它们是你梦中的露水
它们是你用巴掌大的一块地方支起回忆
的路标　你说　这一辈子
只要有巴掌大的一块地方
你就会用它回忆我的母亲
回忆她的爱　就像雨水在回忆着一片云

秋天是怎么来的

那一天来到河边　看见两条斑驳的龙舟
想起去年的端午节　我们一起看划船
粽子的艾叶香顺着你的手指流淌开来
使劲往水里一抛　就像《天问》里的一章
那一天忽然想发短信　问你什么时候
再一起去看龙舟　手机竟忘带在身上
风把七月扫得那么天高云淡
秋天就从我的鬓角里长了出来

那一天起得早　凌晨的露水打湿了我的鞋
我们曾一起坐过的田埂被两片紧挨
的玉米叶占领了　我想起你细细的腰身
只不知是否依然能够让我温柔地靠上去
一片阳光忽然惊慌地闯出来　红着脸
灰色的牛筋草低下自己的头颅
思念就像露珠一样里面绚烂外表落寞
秋天就从我干涩的笑容里长了出来

那一天我又来到了为你种下的那片田
总是枝枝蔓蔓地结不出金色的麦穗
风吹过它的腰身　翻出一只蟋蟀
已经成家的秘密　一头田鼠忧愁地钻进
刚打好的地洞　颗粒无收我们相互慰藉
那一天我忽然想告诉你　我种在一张白纸上
的春天的禾　我的笔一直失眠着
秋天就从那首发黄的诗里长了出来

去年的昨天

去年的昨天　我们一起听音乐
一起怀着孙楠《拯救》的伤口　在等着
一场白色的掩埋　我知道还有一种叫
啤酒的瓶装液体麻麻地紧跟着
后来万物相邀催　我们走上了岔口
我不知道的是　伤口依然留在你的心里
化脓　裂开　继续化脓　继续裂开
突然就接到你离开的噩耗
去年的啤酒花突然涌了上来
卡在我的喉间
窒息了这一年来走过的分分秒秒

伯父说　一年来你一直在独自咳嗽
手掩着　就怕咳出心里的秘密
好几次　你咳完　用手一包
便往卫生间里去　让水把你的秘密
稀释得一十二净
于是你写在手里的病历一直瞒着

直到后来被医生发现
他抄下来　你已奄奄一息

你要走的时候还提起我们
一起想要埋藏的伤口
你说　如果能再来一口啤酒就好了
你已经找到让它睡去的方法
这个夜里
我一直在喝你去年没有喝完的啤酒
这个夜里
我翻出已埋了一年的我们的伤口
这个夜里
我为我以后每年的这个夜里写下记事本
喝酒　看天上的星星　看谁的眼泪在飞

老人与鸽子

老人养了一只鸽子　养得齐整、漂亮
老人眼睛不好，听说放鸽子可以好起来
于是每天她准时来到那块空地上
手托着轻轻向上一举　鸽子转着
黑色的珠子　轻轻一振翩扶摇而上
牵着老人的目光向蔚蓝的天空飞去

老人眼疾加重，忽然就撒手西去
在老人的枕头下翻出一把崭新的小刀
刀头上还零星挂着一两根黑色的羽毛
鸽子依然跳来跳去闲庭信步
一点也没感觉到失去什么
大伙叹息着：
老人孤独一辈子、善良一辈子
在西行的路上，连陪着的鸽子也不忍下手
——好歹也有个伴

送老人鸽子的是她的远房表侄

他想把鸽子带走，想了想，又没有
做完“七”后，老人的房子便永远锁上
只在窗户边上留个空格
鸽子正好可以出入　在它飞翔的日子里
那双曾轻轻举起它的手再也不会出现
只有像鞭影一样的目光依然落在翅膀上

日子一页一页翻了过去
鸽子总在那个刻点上飞出去
成为天空里会飞的一段句子
它去了哪里，也许是天堂吧
每次回来它都“咕咕”地叫着
有时捡一两根草屑回来　放在老人的
遗像前　它知道老人不喜欢多彩的花

有一天，我发现好久不见鸽子了
我疑惑地在那扇窗前探了探
老人的遗像前堆满草根草皮
就像是《父亲的草原》
而鸽子呢　也许它被留在了天堂
我听见极目处传来“咕咕”的声音
天空更加蔚蓝地放着光彩

家族的眼泪

从这个节点往前推移
父亲喜欢边咂着很冲的烟味
边编织着一把藤椅　喜鹊飞过
彩虹曾从他仰望的那个角度升起
曾经心动　为了家族
如今无动于衷　也为了家族
只有编织的习惯一直放在手上
编织了五十多年　从他记事的
第一碗稀粥开始
它倒映过一只清晰的飞鸟
无论家族的荣光与梦想
个人的辛酸与喜悦
失落的红日
朦胧的月光
他一一编收进去
而家族的眼泪
让椅面变得高低不平

从这个节点往前推移

三年前他得了心肌梗死
把烟戒掉了
食指的第一指节越来越亮
家族的牌匾越来越低落
选取的篾条一根比一根轻
节点越来越淡泊
藤面越来越清晰
父亲的天空变得天高云淡

从这个节点往后推移
父亲会收走他亲手编下的藤椅
然后付之一炬　火光照亮他的去路
他一生的时间谁都无法完整地继承
只会压缩成一张
底片　嵌在我的心上
我用眼泪反复把它清洗并挂起来
用手摩挲牌匾上那个不是很重的名字
然后在父亲待过的那个发暗的角落里
翻寻到很冲的烟味
父亲的眼泪
变亮的指节
越来越高的天空
以及一个家族波澜不兴的命运

从这个节点再往后推移
我会把父亲留下的篾条
编在我的那把藤椅上

三十而立四十不惑
平平淡淡才是真
在每个节点上我都会这样想
如果换作父亲，他是否也这样想
为什么父亲的椅面曾经
高低不平
为什么放在我手里的篾条也都
波澜不兴
家族的眼泪总被晶莹地挂起
包括一个家族模糊的走势
我只是一把藤椅上的一个节点

而在此刻的这个节点上
父亲把我扶上他的藤椅
他轻轻地摇着　要让我明白
一个家族编织在他手里的习惯
一个继续要把家族辉煌的传说
编织下去的暗示
然后他开始咳嗽　头发变成白雪
覆盖在我正要耸起的平原上
摇啊摇　穿过春夏秋
在父亲的冬日里　只有沉默
只有一颗无法凝固的眼泪
填满一个家族和我未来的联系

镜子

一辈子都在装
什么东西都往心里装
悲欢　离合　死亡
昨天　今天　明天
镜子高高挂在墙上
是最重最复杂的墙
在那个最安静最隐蔽的角落里
我们对视　我笑了
它也笑了　一样地诡谲
我笑它也有装不动的东西
比如真诚与虚伪
比如哭的声音
比如一缕阳光的温情
比如藏在暗角里的阴谋
它也笑了：都是一些最简单的方程
只有你想复杂了它才无解
时间是我的镜子
我每时每刻都在呼吸

都在思索　想用它把一切忘掉
但我冷笑：人间的一切太沉重
你怎么可能全身而退

它哭了，哭声碎了一地

缝纫机

就像一个很老的女人　毕恭毕敬
弯曲的腰身充满温柔的掌纹与慈祥的光
记忆中我只能站到她的肩边
手心里的小跳动像松鼠的小嘴巴
一样滚动不止
今天，忽然在公用楼梯的转角撞见了她
下岗了，返回一块很质朴的铁
我依然习惯于仰望的视角
让目光在她勤劳的手心里淘洗
我听到身上的衣服亲切地唤了
一声——妈

多少岁月匆匆　她只安静地待在一个
小角落里　无论多少喧嚣
她只关注她发出的声音，不要
线打线，不要车空，不要跳格
多少岁月匆匆　她把多少布捎合在一起
声线沙哑细缝着生活的漏洞

返回到一块铁时，身上盖遮的衣服
也被拿走了，我看见她的心正在
滴着害羞的锈

如果重新选择，从她的冷静里我看出
她仍然想做一块会缝补的铁
为天下所有的女儿做嫁衣
在一块同样很硬的时光里击退褴褛
如果重又相逢，我仍然会用一辈子
的目光　为她穿上一件美丽的新装
用跳动的手心倾听那些长皱纹的伤口
亲切地唤一声——妈

阳春意象

哀歌

在每一场葬礼上，我们都能听到这一曲迟迟在流的哀歌
该由多少个伤口组成。一地的伤口
流成了水，不断有新的伤口加进来
此刻我的耳道比大地还低，低过了狗
低过了鸡、鸭、鹅，低过了天空的飞鸟
可它还不是最低的，水流过我的耳道后
继续往下流着，继续有新的伤口加进来
再往下，竖起的耳道是草的，是树的
是一池明水的
是就要到来的梦的
是不断让梦通过，不断返回大地
又不断上升，不断收回去，又不断赐予我们的
那个蔚蓝色的天空的

我一直相信，我们身体里的某一部分
一直以伤口的形式返回到它那里

爱的火候

午夜的一秒，爱人把炒面的火拨得很高
我看见，在最接近火候的那刻
一列火车正驶出童年的村口，把速度调至
二重奏，那双握勺的手带着火的
余光，好像村口的夕阳落在风筝上
一碗面放上油盐酱醋，日子的味道就出来了
手心的温度不要捂得太高
心里的口子放大一点，不要太急
村口放飞的风筝一直跟着我停落在手心里
老人家都说，放风筝的时候不要只顾着吃面
所以我把风筝系在屋的另一角
此刻只想和爱人一起端起生活的碗
把面吃得有滋有味
爱吧，爱人
碗里的面太咸就会长出鱼尾纹
太淡了找不到彼此的感觉
而风把屋角的风筝吵醒了
明天一起把它放出去，心里就不会老是
为了那一碗面的咸淡憋得慌

背景

在学校，你羞怯地找我借本书
在你折角的那一页
我读到的页码是520

毕业那年，我找不到工作
爹在电话里说，世代种田
读点破书就不能种田吗

最后的那点钱刚好买张票和一桶泡面
却收到你寄来很多钱
它们和书本一样也是树叶做的

“留城吧，我家里有的是钱”
可是，那么多钱
我却找不到页码

小山村

雨来了，小山村想避雨
往山的方向望了望
几缕炊烟慢腾腾地张开树干
没有叶子
几只麻雀衔着落脚的心情
急急地翻下长出雾的檐角

只有十五户
十五座老房子像十五个老人一样
安静地在山下打坐了几个世纪
每当雨来了，就会嘀咕上一阵子
雾在檐上长出根
剪也剪不断

一条狗守着全村的门
村长四十开外
村里的事都记在他的日记本里
一年只有一页

揉直了就是一条皱纹
抻开来就是一堆日子

做咸菜的阿婆去年走了
留下几坛酸菜，村里人还在吃着
村长说，阿婆手里的咸是全村人的盐
只要一吃光
往后日子的味道就会淡出慌来

一座土地公庙
离村口不到十步
我打着雨伞侧身而过
不敢打扰　他正为全村人的安详
拨亮那一坛神火

东溪

说它是一条蛇，长满鳞片与皱纹
蛇属阴，水也属阴。这里的男男女女都懂得
以阴采阳。稻花香两岸
说它是隔壁县嫁过来的媳妇，花衫子水灵灵
藏龙的潭子里，扎辫子、劈太阳、绣月亮、织星星
坐竹筏子入海。礁石上落满歌子

说它是正在消失的文明，挑水的路
从语言开始干涸，萎缩成记忆的尾巴。日夜
赶路的石阶送走最后捣衣的女人，拐进
一条寂寞的巷子喝酒
和着一碟星星喝成让人心醉的文字
一场雨从上世纪飘落下来，打湿最后一根撑杆
一扇窗户打开，收留进诗里
继续摆渡的营生

说它正在变成花园，变成母亲的红头绳
蓝宝石越磨越亮，口气越来越清新

用闽南方言甜甜地叫着自己的名字：KK
说它一直在血管里流着，即使换了国籍
在多伦多有一条又香又远的水，它依然在浇灌
着思想的平原，用乳名打通一条地铁

说它是一条蛇，七寸长在舌尖上
说它吞下一具玉棺，里面藏着宗族的印信
我们用舌尖接吻，以一本厚厚的族谱
写它川流不息的样子

狗：这个冬天很冷

我的絮絮叨叨　我的低三下四
很像一个冬天
汪汪汪　我的冬天一直很冷
妮儿去了远方度假　花园里只剩下
一堆正在变黄的日子

给你十只松鼠的消息
把妮儿的照片再给我嗅嗅
秃头的黄子善从来就没松动过口气
就像那本墨绿色房产证一样固执、
不可理喻　他一直在研究
一夜就暴富的经济
女人的私奔也被归到经济里
少数不确定的几个问题之一
拿不到房产证的女儿噘起嘴巴
带着妮儿选择冬天出走
一个男人的决绝发出耀眼的光芒
盖过父亲的名词

一直失眠的柯守玉昨天停了电
结果睡到今天中午才醒来
精神好得像是四十年前出嫁的样子
她不喜欢蝴蝶和猫，不喜欢明亮的窗台
白天被当作私生子用厚重的窗帘隔着
给松鼠的那十个松果是她一个月前的稿费
她观察松鼠胜过观察生活
前一个月发表的《十只松鼠》被黄子善
用放大镜找到了问题
这成为他敢靠近她唯一大声说话的理由
在经济萧条的大背景下
一棵不富有的松树不可能带十只松鼠
柯守玉气得像是断电的夜
日记本里不止写下十个讨厌的名字

我的主人喜欢带着我逛这座公共的花园
花园四周散布着的这四户人家
我住最外面，每个夜里我背朝着花园
就像视察的将军一样默默地看着我的阵地
夜里从不联系的这四户人家
就像四支涣散的部队正做着败退的准备
住最里面的那个人做过警察
十一枚勋章每隔半个月就要晒一次
挂在阳光下比杜鹃的喉咙还响亮

那十只松鼠让他和黄子善打了一架
柯姐说十只就是十只，十一只也不允许
黄子善光荣应战，像小偷一样被
反吊着手在草地上匍匐了半个小时
柯守玉笑掉了最后一颗自己做的牙
好样的，人民警察为人民

谁也不会怀疑我监守自盗
偷了黄子善两块面包、柯守玉三枚松果
老警察的一条绶带　我在松树下挖了个洞
把它们放进时，看见了十只松鼠
六只还活着四只已经饿死了
我们匆忙开了场追悼会
我是唯一到场默哀的客人

这个冬天会很冷，发表过《十只松鼠》的
那份报纸说　人类将迎来新一轮冰川期
如果天太冷，我就左手拍拍右手
我的主人乐得大叫：这不是招财狗的范吗
我不招财，我很冷静
我闻到柯守玉在黑色的房间里直跺脚：
这么冷的生活，我守的是哪门子身啊
我闻到黄子善一直在叨念：
一个老女人和十只松鼠究竟什么关系
为什么我总进不了那个关系圈

我闻到老警察把脸贴在地板上屏住呼吸
究竟谁动了我的那条绥带
我的主人直接在我的耳里灌雷
你狗模人样地挡了我的道啦

互相交替

在看到狼之前，我以为它长着和狗
互相交替的样子
在看到我之前，我以为自己拥有着
和别人互相交替的一切

狼从不像狗那样摇着尾巴
狼饥饿时，双腿饱满地张开着
我跟阿丽说，我们互换口袋里的东西吧
阿丽好像没听见。后来我才知道
阿丽身上的所有口袋都用线缝了起来

线头的一端连着阿丽的母亲
她每天都会认真地矮一阵子身体
用语言填着阿丽脚下的土
少跟他们玩在一起，你跟他们是不一样的
阿丽点点头，又觉得长高了
她要吻一下这个穿着高跟鞋的女人的手
她衣着光鲜，唇红齿白

手套里放着不为人知的生长剂
眼睛里一头蝎子发育良好

所有玩在一起的人都很高兴
阿丽并不高兴。一双高高在上的手
让她刻意保持着向上亲吻的姿势
她无法使自己低下头来
所以那一根线一直
紧紧地绑着她的脸。我突然想起一只狼
当它走进猎人的陷阱时
也努力地摇着尾巴
阿丽感觉良好地生活在
一个看不见的陷阱里
最可怕的陷阱
是它不长在别人身上而在自己身上

阿丽后来辍学，在家里照顾疯掉的母亲
阿丽后来也疯了
生长剂的作用
让她的手变短，身子却变长
她无法一个人找到身上绑着的线头
而我一直在检查着自己
我身上存在的东西是否别人无法交替
那么，我就将它剪掉
我要永远学懂把狼放在野外
把一条狗养在门前的高级学问

兄弟

兄长我三岁
当他像小狗一样乱蹭的时候
我像一条小鱼儿
被裹在厚厚的襁褓里
兄开始长我三岁的那年
饥饿就像一把刀，随意地削着我们身上的东西
母亲起早贪黑、含辛茹苦　像一株甘草
在一浪比一浪高的河里
化解着不断逼近的那把刀

在我被砍落的哭声里
母亲用泪水做汤，吃掉家里仅存下来
的两根红木　仍然无法撑上岸
有时她觉得她就是第三根即将被出卖的红木
外面的世界就像一个煤球一样清一色地
贴在窗外　漏风的老屋总会发一阵子
的恍惚，仿佛又回到放着两根瘦长红木的日子
我的兄弟就像一枚钉子一样卯在木窗边

练习着和母亲一起沉默地迎接没有
任何食物的夜晚

兄长始终比我多出了三年的沉默
那三年沉默像一块铁
像一个深不见底的井
像一堆藏着磷的土
像冬天里入睡的水
像桥梁下拒绝阳光的藻

每次当我掰着苦瓜就想起
兄长不善言语的性格
很苦的味道多像那三年他孤独行走的背影
在黑得很快的冬天里，他喜欢牵着背影
沿着记忆的老墙根走啊走，像是寻物
然后绕过那些棱角消失的石头
把自己走失在自己曾做过的那枚钉子里

不走的时候
他就使劲地掰着胃里生锈的东西
就像我掰着苦瓜的红瓤
但那一块铁
那个深不见底的井
那堆藏着磷的土
那些苦苦的水

那些不喜欢阳光的藻
早已融入他的血里

每次当他扶着墙根往回走
我总要帮他擦着嘴边那些暗色的岁月
然后我们脚抵着脚一起入睡
二十四岁那年，我想要求证一道社会问题
1942 年究竟发生了什么
经过老墙根的时候
被那些黑色的石头硌到心里的答案
原来兄弟一直在心里挖着一口井
想找到那些被饥饿削掉的东西

男人四十

总觉得夜是魔镜的一部分
向着具有速度的方向奔跑。我听到一根火柴
自刎的声音多像一个男人独处的思考
假如它们正好存在一个夹角
光将在这里得到复制

总觉得一个男人必须听懂夜的方向
他闭起眼睛，把掌纹张开
这时他看到了正朝自己跑来的远方
没有熟知的草与叫出名字的花，但一切坦然
时间的尽头本来就连着一片荒芜

他突然明白，为什么黑夜总是准时
来临，并在他进入中年的时候
变得像一条河一样宽阔、充满着圆润的角度
而他的额角，只要一根火柴就能轻轻地擦出光来
并引流出体内杂想的磷

他突然明白，为什么已习惯在黑夜来临前
用静静独坐的姿势迎接自己另一头的绽放
而自己的思考一直在占用着夜的方向
他看到了在另一头的自己正在站起来
要把更多黑色的沉默抬进中年的这本书里

光的张力

有衍射的光，有折射的光
黑色的光
有你看到的那一部分，也有你永远无法知道的

每一束光都有自己的意识形态
怀揣着密码，在默无声息地走着
像一个走在边缘的小卒
或执行机密任务的特工
没人知道，它是怎么来的
它要去哪儿
什么时候会停下来喘一口气

后来我知道
只要一抵达使命，就会慢下来
终身相守
停下来的　不再是光

所有物质，都是停下来的光

带着远方的密码与意识形态
我也是一束光
最后
在母亲的子宫里停了下来

我的眼睛还留着光的张力
每一次看到光
都想让它在我的眼睛里休息一下
我知道，只有诗人
那双善良的眼睛
才懂得如何把一束光完整地留下来

抵达白雪

仲夏的广场

仲夏的广场。蚂蚁和溽热，鲨鱼和太阳
都已回家。我们像海底的绿藻
摊开巴掌大的心窝，另一种思想方式正被风和
它微凉的毛细血管轻轻提及
正在被溶解的紧张关系，就像静静的河水
把向外的张力细细地磨成一面毛玻璃

悬铃木围坐在我们身边，提到去年秋天
我们埋在它根里的最圆月光
那时你往返于两个城市之间，把旅途当作
一片悬铃木的叶子，夏天绿了，秋天黄了
那时，我们离这个仲夏的广场好生远
一场伤感的冬雨和你一起
在日益残缺的叶子里翻着日益瘦弱的日历
而最后一张是一片悬铃树叶
温度走失让它卷起手心，就像决心

现在新绿的树叶一轮又一轮地盖在仲夏的广场上

路灯遗落下星光的痕迹。我们肩并肩齐坐
听静静的河水，听孩子们安放于心脏里的滑轮
听星云秘密地打听正在返回的离雁
又过去的一年，又有新的冷
趁此时游离的目光，住了进来

人生又有多少宿命不是如此
离开时想在一起，一起时不如离开浓烈
又能有多少个夜晚，像此时仲夏的广场
当悬铃木背起一生最繁华的季节
我们背着各自的影子，轻轻数着命运的广场里
一些被悬铃树叶盖掉的角落
当风划破一块毛玻璃时
它的锐角被隐藏的动荡紧紧地拧着
你的一小粒心跳
也在我掌心里用漪涟小心翼翼地融化着

王阳明同学

那时我们一起学习几何
你说你的木房子挂满书本里的图形
梁是等边三角形
小椽是梯形
反复被鸟喙打湿的檐角是半圆形
有时，你只需盯着屋顶
便可以思考课本里的问题
我总将信将疑，想到满天繁星的样子
你还习惯趴在桌上做瞄准射击的动作
你说你有一把真正的枪，爷爷留给你的
二十年后，为搜一把被举报的铳
我们包围了一间发霉潮湿的木屋子
我用强光手电迅速扫了一下屋顶
好多个几何图案，像是在开会一样

外围组证实木屋的主人已好久没回来
我们便放心地翻着木屋的每个角落
忽被一本叫王阳明的中学纪念册咬了一下

我翻开来，过去的时光原来很轻
习惯了发霉的味道，若无其事地摊开
反而是打发它最好的形式
我盘起腿，就像那时我们在操场的沙地
上用小石头玩一种叫直的游戏

倒数第二页，我看到那时我写下的祝福
王阳明特地在我名字边注道，最好同学
你的最好同学，就是现在荷枪实弹
忽然用一纸搜查令蹿进你屋子的深夜
你的最好同学，就要把你爷爷留给
你心爱的铳带走，如果你在，还会给你的自由主义铐铐

天要亮了，我们带着王阳明的铳回府
当我要在清缴告知单上写下你的称呼时
手有点抖。许多年前我在你的纪念册
幸福而又真诚地写下王阳明同学
今天，我有点恍惚
关系模糊——是不是也这样写道：王阳明同学

动车站

这几年，我常出没于动车站
衣冠楚楚却内心暗藏一座海
常常比出发的钟点早到一个小时
像地下党一样
希望能和某些习惯暗处的事物接上头
或在站外候人，看一部动车疾驰而去
用多看的一眼，递上传奇

人生往往在你不在意时，收获颇多
一些风或光在低处吟唱
一些被记忆提到的时间，像滔滔不绝的法官
一些躲藏的生灵，以细微的触觉拨动着不为人知的旋律
却暗和诗歌的思想，被文字复述

每次经过动车站，有时在一部没有减速的动车里
穿过一座城市
就像许多年前在母亲体内
白天或黑夜，我会想，也许我的母亲

那时正对着一扇未知的窗户发呆
她不停地折着空间
直到剩下心跳，和孕的苦痛
在我的体内行走

心太软

我读大一的下学期
《心太软》忽然从房前屋后
春笋一般冒出来
夜深了，我们都不想睡，只想静静地做一个
心太软的人

仿佛一个无形的魔咒，我们集体练习失恋
把 405 男生宿舍变成一个疯狂的音箱
而位于山头的女生宿舍
在端庄里静默入海
直到多年后，李美人亲口对我说
那时你是唱得最荷尔蒙的男生

我才知道，那时我们的心都太硬
现在软下来时，风景却已硬得化不开

抽烟的女人

在福州，我看见许多抽烟的女人
她们枯坐在自己寂寞冷清的季节上
用热呼呼的烟圈开花
抽烟的男人喜欢沉思
抽烟的女人喜欢说话
她们掏出打火机，边打量边问
能借个地方说话吗
青春不在，故人大多远去
时间就像一把毒药

她们喜欢用自己的唾沫星子照见彩虹
喜欢把半句话塞进烟蒂里
云里去，雾里来
说的是生命的来历
也是宿命
世上哪有一根香烟是被自己点燃的

所以她们轻轻地弹着烟灰
就像在弹着自己

26 号

我的最后一个学号，我唯一能准确记住的学号
一切早已注定，它躺在一张宿舍的床板上
等它的宿主
然后融入血液中
成为和血栓一模一样的东西
我是第 N 个误闯误撞的人
那时我首先看了一眼那张床的上铺
转念一想，下铺那低调的暗灰更合意
于是 27 号便成为睡我上铺的兄弟

26 号很顾及我想要的东西，不想要的东西
很快沆瀣一气，互为肚里蛔虫
它偏居班级后方，我也成绩偏下，互作掩护
它只能轻轻发音，我也喜欢安静
它在二十的屋檐中段，俨然又有居中的霸道
有时我也指点江山，激扬一副臭皮囊
下铺也更适合我把心事安置于三分之一弱的光线里
拼着命地压榨着过剩的青春
直到剩下一个朴实老成学生的样子

好像已 26 岁

26 号后来因为补考，多次红着脸站在黑板上
有时我傻傻地拿着通知单，一直想
26 号要不是我，该有多好
26 号后来成为一封信最腼腆的作者
那周我一直到邮局，问有无 26 号的回信
那个收发的大爷，没安好心，竟回答
你来当大爷吧，我哪知道哪一天会有来信

26 号其实是个偌大的广场
我深陷其中，不时喊道，有其他人吗
26 号是一种无药可治的疾病
我一个人拼命地在广场上逃
想逃出荒诞，逃出宿命
它的每一个病毒体都伸出可怕的触手
要把我消化掉
我大声抗议，我要的 8 号或是 12 号
在梦魇里醒来，大家偷偷在笑，病毒的样子
8 号认为是班花，12 号也认为是班花
她们从此暗地里较劲，在我面前多了一门谨慎的心事

大学一毕业，我忙交出那张床铺
交出 26 号。我半夜仓皇离校
当我卷起铺盖的时候
我听到比光线还暗的一声呻吟
像一根蜂针划入我的眼睛

海拔 1977

父亲的海拔是 1947，向下走，两年后
他经历了共和国的海拔。三十年后他放弃
对时间的塑造
我是他最后的分流，我在时间深渊的
海拔，永远是 1977

1977 的海拔，正在经历着第二个春天
然后是更为复杂更为隐性更为喧闹的季节
我向下小心翼翼地放着脚步，向下的黑暗
牢不可破。预言师或占卜师神秘的样子
只让我想到乌鸦的原型
而西服笔挺直过神经
提到的星星多于黑夜

读书，当少先队员，共青团员，共产党员
一副幸福光明的样子
太阳的黑洞也紧跟着阳光，就像基因一样
父亲早已知晓黑洞的秘密

他不说，隐痛与不安却一直在传递
我找他商量，说还是想当一个诗人
他什么都不说
只是出神地幽绿地盯着我身上的伤口
它们正在发芽

海拔 1977 不是写诗的好时光
海拔 1977 是一切制度改革的试验品
待我老去，我会爱上回忆、漂泊与碰撞
爱在一棵树下，认真地听着来自海拔 1960
的诗歌与爱情
慢慢地被海拔 1980 推翻并遗忘
“曾经得过新人奖的那个人，现已爱上
一把桦树做的椅子
这个闹市并不需要它们”

现在我还在寻找没有黑洞的阳光
它肯定逃不过人类的眼泪
在 1977 的海拔之前，我只听父亲提到过
现在我又一次用信仰提到
最后一次将在回家的路上

抵达白雪

中国式集合

那支运动员进行曲
已在我的身体里安装下集合器
伴我从小学到中学升旗或操练的无数次小跑
脚底微微发麻，额角汗如雨出
每一次经过颤巍巍的小花同学
都会放慢脚步。她揣着一面小海，努力地
向操场涌去
左脚向右伸出，右脚向左伸出
一个优美的 T 型台

读大学后，每一次向我发出的集合都与小花无交集
她在中国的西边，我在中国的东边
有时我会想，她揣着一面秘密长大的海
正在中国的西边，向每一次集合涌去
一个优美的 T 型台，被东边一个男生用眼睛孤独地收藏着

中国的东边，每个春天都有梅雨
我倚窗而立，把一阵接一阵的雨读作种子

与海，与春天的集合曲
后来我和大部分人一样经历婚姻经历一加一等于三的人生
命运注定这场中国式的集合
是一场白雪下的辨认
或地底下，根对根的回忆

关于祖墓

三月初三，古清明，时间和人一起往回走
我们吊古去
在一叶窄窄的窗台上面
它的密闭拥有石头纹理，无法切割
我们只能轻轻地描摹上面的古语
似懂非懂地问，我们第几堂第几世孙呀
我们相信，窗台后的水源依然在迅猛输出
我们只是其中一台小小的电动机

小的时候，父亲有一把神秘的手电筒
沙哑的光线，足够照亮窗台后的圣迹
我没有，我只会归类，贴标签
把一场盛大的隐喻指给诗歌
“他用自身的器官，挖出与我们有关的河流”

有时面对它，就像面对着一面镜子
我梳理着干涩而紊乱的眼神
不安地想着，我们用鸟笼俘虏了生殖
时间真的与我们怀有共同的方向吗

七贤庵

又是南宋那个多事之秋。他们反秦侩而罢官
石榴树在那一年，一点就燃
艳得就像士大夫的骨节。他们在洞里讲学布道
石榴在洞外往天空蹈去
还有一棵七里香，孤傲得跟没有根一样

他们把肩上的星光一点一点地移下来
暂山迎来它最好的风水
它的每一块山岩都想起身作揖行礼

暂山突然平地拔高了一万尺
把那时的汗青裹挟于巍巍的青袍里

暂山终于有了自己的精神海拔
每一年夜里，石榴都在掉落的经书上
高举火把。而掉落的文字一直在山岩里外吐绿

南峰影院

那时，县城有三块著名的白布
其中一块就挂在南峰影院里
它包下我小学时候的社会主义教育
那时，我和同学们安静地坐在里面看完
《少年犯》《南京大屠杀》《血战台儿庄》《英雄儿女》
然后在南峰影院的门口捞一杯染成锈色的杨桃汁
有声有色地边喝着，边想着作文的结尾
今天，是有意义的一天，忆苦思甜的一天
感恩的一天
自老师把我的这一句挂在教室后墙上
女同学小花一直用女主角那湿湿的眼神迎向我

后来萧条，南峰影院缩身为南峰录像厅
那块白布被裁成四块门帘，半遮着里面趺趺宕宕的高潮
所有日光灯也都被换成红色或紫色的只会呻吟的小彩灯
那时我读初中与高中
录像厅包下初中同学、高中同学变成男人的教育历程
他们的内裤被神秘的手撑得紧绷绷

在课间大声地讨论着、怂恿着
直到日新月异的女同学的脸也紧绷、潮红
而我小心地在无人声处听惊雷里
想着已辍学的小花同学，是否已有了男朋友

后来，南峰录像厅又办不下去
被切割成台球馆与人民的礼堂
人民总是很忙，政治在里面闲得潮湿与发霉
倒是台球馆，占了入门处的平地
常常有青年在赌球，嘴边挂着各种女性器官的名词
延续着南峰暧昧与下流的味道
一天下午
我看见穿超短裙齐肩发的小花同学被一个男人露肉地挽着
经过南峰台球馆。我假装捡球，低头捡到
一只蛤蟆在我胸口乱跳

现在我已忘了还有一个叫南峰影院的地方
今天朋友的父亲出殡，我们相约去送一程
经过南峰影院的时候
它灰白干瘪的手忽然伸进我的身体
直接拧到深水区

九龙江

不远处的白色，就是九龙江的入海口
我突然明白为什么这座城市叫龙海
今夜风很大，一条江的尾巴开始起毛
它的一部分名字被上游漂下的垃圾盖着
一部分名字在我的心里头疼着
堆积在一座沙上的城市
早已过惯一筷芦鱼一筷螃蟹的日子
生命的漏斗里不断出走的心跳与呼吸
今夜，我愿把它们和寒风
一起堆成九龙江上的水波，就像江边的残月
水流走了，它还在
水位往下变，它不变

有那么多的时光，一直往下流淌着
有那么多的幸福，一直在江心里待着
如果上溯，就要回到往事的山上
现在山里的幽静和残月的白光正居住在水波里
现在江里的芦鱼正在修葺着那座透明的房子

现在江里的渔网正在半开半闭地织着心事
一场盛大的祭奠
却如此安静。没有谁企图挣扎或离开
谁的离开都只跟离开有关。九龙江一直安静地
看着自己身体
消失在盐的棺木下

江边的残月，是今夜最后一个被摔坏的酒杯
风让一只手握得更紧。谁的存在都只跟存在有关
幽咽的歌声，低得只剩下一江的草书
一只在寒霜里迷路的鹭，它的背影不断被剪碎
碎成一地的孤独
不断地流向海
九龙江已经醉了
被它摔坏的酒杯还挂在天边

幽静

幽静是山里最大的一块铁，风是一道道的锈迹
打铁的人，把铁放在耳朵里，反复锤打着
想把铁里的锈迹一一打出来
已经打了九十多年，山庄里最老的老人还记得那时
一起在山里打铁的人。她说，那时的铁带着甜
小虫小花都喜欢在它们身上使劲地咬出一个个窟窿来
就像那个顽皮的哥哥，一把胡须扎在她的身上
让她欲罢不能地生锈着
现在她觉得孤独
只剩下她还在继续打着山里的这块铁
时间的火焰一直在减弱
她的哥哥打完最后一块铁
便搬到村里最高的那座山上
她想，天上的那些星星一定是哥哥在山上打的铁吧
每当一想起哥哥来，她就想着快点生锈
让哥哥的一把胡须，和星光一起，扎在她的身上

时间的火焰一直在减弱
今夜，她又用铁打出哥哥的名字来

父亲的牛皮鞋

父亲为了拿到山里的石方，特意到县城买了一双皮鞋
鞋后跟行情地打上一块铁片。结果那天，村长很客气
还送到了门口，特意问道：这牛皮鞋哪里买的

父亲没事的时候，就拿起牛皮鞋，边吹口哨边擦
直到父亲的脸整个清晰地幸福地掉落到鞋面上
牛皮鞋尖尖的脑袋像一把刀。父亲高唱：把刀砍向鬼子

过了半个月，母亲慌张地跑进来，对父亲嚷着
别擦了，人家二狗子已经进山了
父亲一愣，忙穿起牛皮鞋，噔噔噔地上村长的家去了

村长正低着头，擦着一双和父亲一模一样的牛皮鞋
父亲回来后，脸黑得像黑灯瞎火里的牛皮鞋
那几天，全村上下，噔噔噔的声音全是村长的那一双牛皮鞋

二狗子有一次喝醉，不客气地拍着村长的肩膀
怎么样，那双牛皮鞋响亮吧

村长比鞋跟的铁片还响地应着：二狗子，你比这牛皮还够意思

半年没穿的牛皮鞋布满了灰尘。有一天他正好遇到村长
村长说，我的磨坏了，你的牛皮鞋呢？父亲说，我布鞋的命
何况山里坑坑洼洼的。村长说，那说得也是哦

村长的脸缺得让父亲琢磨不出个洞来。那天父亲失眠了
凌晨时分，猛地一起身，把床底下的牛皮鞋擦得和黎明一样精光
然后怀里一揣，把门一开。黎明像水一样漫进来

第二天，父亲和二狗子共用着一块石场
两人彼此不怀好意地打量着。那些石尘不安地扬起又落下
村长站在石场中央，大声地说道：一张牛皮两双鞋，还分什么

油条

三十年前，油条摊是城市早晨最聚人气的地方
那时，我并不知道我和油条有着相同的命运
做油条的师傅四点不到就在准备开炉
劈柴，点数、搭棚、起火，摇扇子，每一件都不能落下
那时候我也很闲散，喜欢远远地看着他们收集火光
把油变热，然后把清晨往身上的大白褂里慢慢地擦亮
他们的嗓音好像也在油锅里翻滚过
变得又焦又脆，透着香
这是给你的。许多年后我才从这句话读出
许多年前就很成熟的预订式销售。那时只要听到这句话
我就要拼命地盯着油锅，并提醒着，师傅，快把它翻动一下
我的快变焦了
师傅假装没听见，慢条斯理的样子就像一根油条

三十年后，我彻底地变成一根油条
任别人翻动着我的命运。这是给你的
我总是听到这一句话。是神把我预定给了某件事
三十年后，我才明白油条为什么要在油锅里多翻那么几次

因为命运总是不公，因为一天也分白天和黑夜
因为我所想得到的，别人也想到了
而我现在已变成油条，任命运怎么把我翻动
我始终闷着，就是不想喊出痛来

三十年前的油烟，一直在我的身体里
诉说着优柔寡断的命运
三十年后，油条已不再有以前的生意
而我的性格，总能挤出一两滴慢吞吞的热油来

母亲

母亲现在是一条越来越逼仄的巷道
我没有经过她开阔、春水涟漪的时候
从有记忆开始，她固执，和臭水沟相怜相惜
如今她穿着一件越来越紧的衣服，把越来越
松弛的手臂绑住。然后学运动员快速地滑翔
从一个决定滑向另一个完全相反的决定

母亲，一个和无数白色红色药丸混居的女人
她每天小心地穿过生活与硝烟编织的堡垒
胜利地从前线运回白菜、甘薯、大米、注水猪肉
与悬念更迭的染色咸菜。她不断拉长和小商小贩的战斗线
却经常在某个冬天的深夜，被窗外微弱而锈迹斑斑
的叫卖声击中，号啕大哭地想着做豆腐的奶奶

母亲，这个出色的生活收藏家，把腰压低到
敝帚、锈锅、破箕、缺口的碗、废箩里
她用小学还未毕业的数学，小心地算着
浅浅的心眼

直到被脚上，针线与昏黄时光咬紧的布鞋
救出来，靠在自己的白发边上歇息
她习惯补丁丛生的荒原，习惯用一把粗糠
整理小鸡小鸭的肚肠
父亲说，当初不该把她从乡下带回来
他做了一件错误却幸福的事情
经常拉宽拉粗声线，懒洋洋地叫着
老查某，我的拖鞋呢

乡愁

这颗长在秋天下的心
越来越需要一块包裹的白布
抵抗白雪的光

世界将越来越白
直至剩下一道平行的白光
冬天的尽头在一扇门的外面
故乡在门的里面
身体只是一把钥匙
他掏出来后，留在门上
发出文字或明或暗的声音

把自已磨了一辈子
光由跳跃上升为唯一介质
所以走得越来越不慌乱
当时间以止维度延伸时
它的负数领域，宽大，细腻

阴影得到稀释

来了
终于又听见有人喊出你的乳名
灵魂

白蝴蝶

舷窗外，是天空的空
现在它被一只白蝴蝶填满

它穿过上帝后花园的落叶
轻轻靠近舷窗，扇着故事的翅膀

一直跟着，仿佛窗上的贴花
我微微眯上眼睛
是我少时抓伤的那只
还是脱逃的另一只
那时我们用乡下对付知了的
凤尾竹与蜘蛛网，拆散在一起的
撮合不在一起的
我们用云擦了擦眼睛
与生锈的法则

抓伤的，它的伤口一定还很鲜艳
脱逃的，它的心眼一定含着泪水

我在武汉下了飞机
穿过长长的走廊就像时间的隧道
我拆着多年前
蜘蛛网粘住的那些昏黄紧张的脚步
直到和另一只白蝴蝶
与它下面的一盆凤尾竹相遇
音乐如水，雕刻声音的人未曾老过
而我，走过机场就像走过时间的亭午

红绿灯下

红绿灯下，安全岛上
流浪的人把枕头垫得很高
流浪的人在城市洪流的十字路口里
轻轻地打鼾
白天他向我讨要零用钱的时候
一副活着的样子
晚上他睡在自己身体里的时候
一副佛祖的样子

每个十字路口，我总是忧心忡忡
犹豫，害怕选择，肾上腺素过度分泌
即使把枕头放得很高
也无法高过一次睡眠
他饿了吗
他肯定没吃过一顿像样的晚餐
他的所得远远低于自己的身体

我的财富，我的价值，我的安全都在远方

在一堆泡沫里
其实我才是流浪的人，整天居无定所
害怕迷路，害怕每个十字路口
而他早早地
把自己的身体放在世界的旁边
开始驾轻就熟地制造王国

人来车往，红灯停，绿灯行
他的梦里，意志正在上浮
高过任何一座十字路口
在那里，所有走进来的世界
都只是他的一小部分

我突然羞于提及幸福

晨光里的父亲

他抽过大前门，阿诗玛，友谊，芒果，人参
那几天失业，早早起来，改抽飞马
而动作僵硬，仿佛一部干涩缺油的机器
当晨光汩汩地流进
这个将因生计与伤口而流浪的家庭
离他抽完一根飞马正刚好
腿上的老伤口，寒得
像皮影戏的线，紧紧地拉曳着他

一生苦逼的男人，他曾在晨光里无力地雕琢
蓝色的波浪。那时，他不想打开窗户
每一声鸟鸣都让他羞愧不已
他回头，望望床一边的我
又望望更远处的母亲
久治不好的腿伤一再压低着屋子的光线
快要折断的时候
他感伤递来的目光让我猝不及防

深渊与白云的对视

我们彼此愣了一下
他竟像烟壳一样微微一笑
忘了他手里正在紧张呼吸的一包安眠药
泪水和汗水哗哗流下他的脸

晨光里的父亲，曾在晨光里死去
又在晨光里复活
像上帝一样，完成位置的转移

儿童节

他们离大地、草和蜗牛最近
今天，他们用脚踝和膝盖平衡大地
和内心商量如何把蜗牛和草搬到白云上去

一个人如果感到孤独，脚踝空落，膝盖发痒
那是因为他正要开始第二次童年的历程
我的写字板已加长到我正在整理的蜗牛

中午，疯狂的莺飞与草长
一个节日被描绘得雄心勃勃
他们都不想休息，却背着蜗牛的岁月

哪儿也不敢跑太远，陌生人也不敢打招呼
几个成年人在公园的一边远远地放着目光
就好像是在放风

迷路

刚出生几天的小猫从芜杂的铁皮屋顶
忽然和雨一起掉落到这条迷路的路上
女儿心疼得不知所以
她的小手紧拉着我的大手
就像小猫在攒着跌散的力，要把白色的眼睑掀开

故事刚刚起头。大猫在铁皮屋顶上
芜杂地向大地投一眼，迅速消失
改变正在这条迷路的路上秘密地进行
铁皮屋顶紧靠着下雨的天
就像一张正在投递的信纸

晚饭后，女儿偷偷在嘴里藏了一块肉
洗完澡，女儿不打一声招呼
就消失了。我暗暗思量
这心都是肉长的
这几年来，被宠坏的是被独生的我们
和被独生的脾胃。我们迷路了

临睡前，她闷闷不乐
她说，她看见大猫打着两把手电筒
用嘴把小猫叼回铁皮屋顶
我说，亲爱的，你差点也迷路了
我用大手紧紧地握着她的小手
就像我刚才隔着窗户，紧张地看着
她和大猫的对峙

钟表匠

时间的诊治者
时间却绕开他
就像它绕开针的得病方式
美好时代已病入膏肓

这一双习惯在时间具体而微的部件里穿梭的手
以及黑色的单塑料眼球
曾经高于时间
现已变作野生狐狸孤僻于世
而气味十分小心地栖于记忆的黑岩内部
呼吸
现在他习惯眯着右眼，左眼寂寞地看着我
我很害怕他忽然伸出两只手
说，你的时间病了，我帮你调整一下

现在他的房间里，挂满别人的时间
送过来的人，或怕麻烦
或去了远方，不约而同，都忘了取回

它们就像流浪狗一样被他收养着
照旧鲜活地走着
夕阳西下，所有凹凸有致的玻璃槽
不断地往里收集着时间
嘀嗒，嘀嗒，嘀嗒

时间一直在漏着
而他唯一能做的事，就是精确地收集檐水
上帝则忙于分类

西门街

西门消失，只剩下一条街，以佝偻为美
连着专卖地瓜的西角市场。那时西角的地瓜
一份一份地堆着，认份交易
这很像西门街人，他们很认份地活着
小心翼翼地谈着每年从家门口拉过去
的游街死刑犯。他们的家离行刑的西甲场
只有四十分贝
他们认份地拉紧家门家风，总怕这通往地狱的声音
绕巷三匝后，落下不干净的根

他们说一辈子只合看一次非正常死亡
秋天是行刑的季节。果子也纷纷砍头上市
从东边摆到西边。祖庙居中
清、民时代十几座庙宇撑着寥寥香火
络绎而拈灯苦吟。要摆渡的海
却挂满缕缕寿面，风一吹，仿佛殿前急雨

我在那里寻过同学，沿青石路与清明时雨

街侧沟水潺急打翻了行人脚步
过祖庙，又过两家冥纸店，向左，复向左
仿佛光阴的尽头

读大学时，四年荏苒，西门街竟已不复存在
夜夜的蟋蟀已搬家，搬到梦里
更深的梦里，草长莺飞
前世搭的戏台，今生夜夜入梦

有时独立新街上，忽被老街的残垣
叫出了名字，恍然若失
斜刺里的风，仍不改那双捧水的手
把眼睛悄悄打湿

抵达白雪

家有女儿

昨天早上，女儿说要儿童节礼物
中午，她在我的手心里写了个字
我没在意。这些年，我习惯地没在意着
她就长高了，一棵缺点越来越综合的小树

昨天晚上，她在单位的大院里疯狂地找蜗牛
两条小辫子溽热得让人难受
我匆匆出门，她在我摩托车后磨了一会儿
我还是那句话，我有事，别烦我

她越来越习惯用普通话表达心事
三好生没选上，她用普通话哭了好久
这些年，她没得过任何正式的奖状
就像那些年的地下党和她现在写诗的老爸

我们有一些用于联络的暗号
不高兴的咳嗽与拖长鼻音的腹语都指向已变坏的关系
她深谙五行，把小耳朵埋进沙子里

出其不意地从一场唠叨平安地走向另一场唠叨

下午，陪她去挑儿童节礼物。她在书店买了一本
歌颂生活的作文。而我找不到一本关于如何做人的书
只好把一本中国史打开，问她，要吗
她扭了扭辫子说，随便，营养不良的样子让我想到中国式贫血

晚上，她一直唠叨无聊。我突然想起，在她的这个年龄
我和同学经常逛街，下乡，想方设法寻乐子
那时没有独生没有那么多千杀的人贩子没有那么多马路杀手没有……
我默默地打开她的手心　查着她蜗居的掌纹是不是要过了

补高跟鞋的男人

他要补的那一只高跟鞋，还在路上
他从早上开始等，左敲敲，右敲敲
眼光不离那个巴掌大的摊
偶尔抬头，看一下天气或来补鞋的上帝
中午从不休息，从不讲价
晚上六点准时收摊。摊在他肩上
他在自己的掌纹里。他的手掌
握起来，就是黑夜。他只补高跟鞋
坐在自己的拖鞋上。睡觉也搂着这只
蓝色的蝴蝶

城市又是谁的手掌
谁又把开关多情地装在他的眼睑里
吧嗒一声关上。每个黑夜他想去哪就去哪
用不起 GPS，无法为自己定位
有时，想想就此出走，学会迷路，再也不回来

十年前，他修路。他修的那条路

被雨夜泡坏了。一个女人和一只高跟鞋
第二天在河的下游被人找到
一双高跟鞋，对一个女人是多么重要
十年后，他修鞋。他在等那只丢掉
的高跟鞋，修好了，送回到那个女人的身边

现在那个女人的身边，只有野草
年年都养着一家蟋蟀，割草的声音
就像一只走夜路很慌的高跟鞋

是否我真的一无所有

从七贤庵下来，我忽然也有隐士的向往
汽车在沙沙的水泥路上高蹈
我和父亲在各自的心事里呼吸

记得少时，我空洞的心眼塞满星光梦想
整天学吼王杰的歌
而这首被忧郁抓破的旋律每每在嘴边
便有不可饶人的孤绝
父亲训斥，既已否我，何来所有
我怪他断章取义
他斥我好高骛远

此时汽车的 CD 正播放着它
一个孤绝的浪子把多年前一把清凉的刀
预伏于此追杀。我们早已不拌嘴
沉默在不安地燃烧
汽车的高蹈，势必硌痛天空

父亲伸手掐灭黑色之焰。你越来越大
而我慢出习惯与空间
如果没有原谅的话语，人生就是一场欠缺
对不起

我忽然好想把被切割的
都用一副忏悔心肠接上
就像用黑发还他岁月
明明一无所有，明明一切都能放下
谁又一直怀揣尖刀
为一场从无到无的辨认，妄布杀机

小学老师

1

二十八年前教我小学数学的程老师
今天在同学会上，忽然夸我诗写得好
我悲喜交集，有些哽咽：辜负了

而同时的
语文老师研究双括号的最新成果
是把自己的眼睛装作一本笔记的书名
他迅速翻到二十八年前，肯定地问我
现在从事的工作和数学有关吧

呃，我，我，我，其实喜欢写诗多一点

2

程老师是唯一和我谈讨数学的老师
那时她放下至少二十年的那沓师长履历
简单到只剩下邻班女孩的身影

我说的是我们经常一起面对加减乘除
她卑微地输送着自己的职业观
现在我一直保持自己诗歌读者的习惯
我想，这一定与她有关

3

谢老师老得更像我的母亲
她补过我的衣服
那时家里穷，我的衣袖裂了一道口
找不到换穿的衣服
越扯越长，长过同学们的嘴巴
于是他们便一直笑
后来有的老师也在笑
有的笑声让人孤独，并横在心里
我学样板戏里的红军
举臂跺脚，说，老子是愈穷愈革命

谢老师只从公文包里掏出针线
后来我才明白
那时她缝补的是别人的嘴巴
我贫穷的灵魂

4

一样没有差别的学生，为何会偏科
我想，良善是最迷人的课堂

在出殡的路上

陪一个人，就像鸟儿的晨鸣一样
有细腻的美与微妙的光
我们真的彼此认识吗，这重要吗
而这是陪一个人走的最后一程
我把心声都堆积于脚步上
嚓，嚓嚓，嚓嚓嚓，嚓
发给未知远方的电报

我们必有共同的经验
在共同的万有引力里，惟妙惟肖地化妆
我们也必有一段孤独的表征
形体愈向下，精神愈向上
在陪你走的最后一程
我忽然觉得所有一切是如此简单
又如此深刻

补鞋

女人狡黠地说，是脚步坏了，然后教坏了鞋
我单立着，忽然觉得这个女人，不是在修鞋
而是在修理着我的诗行
先用小刀子，在鞋底边缘划出好坏标准
然后开始埋伏底线，把裂开的诗行
一一拉紧

这一生脚步长长短短，难得别人矫正
我敬重地掏出一百块，作为她的润笔费
她在钱袋里，找了好久，还弄红了脸
哎，先生，等等，还你的九十九块。大钞还真不好花
其实我是有一块钱的
我复杂地收下她的嗔怪与卑微
就像诗人收到生活的退稿

天涯

天涯，在女人的心里
越优美的女人
藏着越深远的天涯
那时我们都以为，数学是最完美的科学
而宗教，常常在山巅
耐心地看我们慢慢地爬上来

那时，我们都不知道宇宙的另一极
正等着我们用恋爱
打开

青梅子

白色的梅子，青色的梅子，红色的梅子
都是青梅子。它们是不断长大的小石头

风吹来山下妈妈白发苍苍的声音，小石头，快来吃饭
所有的青梅子和我都应了一声

绿水淙淙，我看见艄公奋力地撑着
他的喉结一突一收，突出时是云，收进来是雨

四月是青梅子的家，四月是我不断上溯的溪流
离去的亲人都在对岸，我远远地用红笔喊着他们的名字

亲人在白色的时间之碑上鲜活地走动
我和青梅子在一个个的名字里头，被轻轻地唤着

第二道擦痕

2003年，“非典”正在肆虐，2003年，她把自己包装得
像一个火柴盒。然后等一个男人走过，一碰
便着了火。一切显而易见，一切又是多么不可思议
她常常感到一阵莫名的发烧与恶臭
火柴盒会去想走过它身体的小火把吗

没有典型的症状。她一直怀疑，得“非典”的人
是不是都是对自己太关注的人
“我们是不是可以喝一杯咖啡，或是茶的什么东西”
这一次小火把燃过后，竟向火柴盒发出盛邀
第二次走过，就会留下第二条擦痕
或者这是爱情的开始
那么又将如何面对第一条与爱无关的擦痕呢

得“非典”的人都要隔离。三月的城市，忽然都在抢
货架上的白醋。送白醋忽然成了高尚与时髦的行为
她的小袋子里便时时刻刻装了一瓶
至少可以预防一下。她拧开口子，喝了一小口

眼泪被呛得直流。原封不动地把拉开的口子合上
就像火柴盒一直在淡忘着身上的擦痕

姐妹们提出忠告，说是不要去，没必要往不堪的记忆里
塞进一张清晰的脸
也有怂恿的，说是喝一杯咖啡，普通得像接一次吻
这种事情算得上哪码子的贞操
说不去的，是为了自尊。自尊就像是一口醋
可以让人端庄却被呛得直流眼泪
恰合坊间盛传的“非典”预防法

她曾经三次经过那个咖啡店。她像火柴盒一样摆着
等着别人搭讪。现在有些拘束，收紧两腿
收紧身上的坤包，收紧两条手臂。视线也开始短路
世界的声音哗哗向后退潮
又哗哗拥上来。她像一条鱼一样闭紧呼吸，脸颊微红
她已经记不清手机号码留给谁
作出邀请的对方一定会记得她
一定会站起来或抬起头来，彬彬有礼

咖啡店里的人都在喝咖啡，没有人站起来
她转了一圈，就像走了一遍 T 台，余光很远，眼神很近
安静反倒让她松了一口气。本来就该是这个样子
她不好意思就这样走出去，便在一张空桌子旁坐下来
也许彼此都已记不清。她嗔怪自己的轻薄

也嗔怪这次轻薄的邀请。一张模糊的脸常常因心思过多
而被人民币的数目代替
她随兴地想着：是八百元哥，还是二千元哥

起身的时候，手机抖了一下
是一条信息：我在猜，小姐你会不会去
她想回复："非典"了，我有必要请你喝白醋预防一下
但手指却不由自主：去你妈的

音阶

铺设音阶的人，他的双手一直抓着真实的东西
他要架设一架别人从未攀登的梯子
梯子的左边是花草，是鸟语，是情人
是世上最寻常的东西
右边，他希望是一条黑色的幕布

他要在幕布后留下一些很轻的东西
比风还轻，比秘密还轻
可以让风带走，可以被秘密翻动
下面要系上比风还重的东西
比如咸湿晶洁的盐，比如伤口
比如一生中最后悔的事

他总是成为第一个爬上自己梯子的人
其实这是他最不想看到的情况
每次从梯子上下来
他的心事就比以前更加沉重

他无法解答这个疑惑
只好试图从架设下一架梯子找到答案

后来，他爬上这辈子的最后一架梯子
便再也不见他下来

疯狂的女人

一个女人疯狂的时候，会不远千里地跑到山里
找一个男人
她找到男人的时候，男人已得了绝症
男人有家室，女人也有家室
两个不该浪漫的人认识于浪漫的广州
像数着路上的车子一样把日子掰成无数块
后来留在记忆里的，却只跟一条回家的路有关
有一个人在那条路的尽头，始终微笑着
而这就是爱情

女人终于找到那个站在路尽头的男人
男人掰不出应有的那一半来容纳
直肠癌已到晚期。男人藏起眼泪，劝着女人
你应该回到你丈夫的身边
我不该是你爱上的人

不，我不回去，你什么都比他好
如果上天只给半年，我们就百八十地爱着

于是村里又多出一户人家，在歪歪斜斜的路边
别人都立在自己的屋檐下，指指点点
瞧吧，那一对狗男女

爱情就是这样，当别人把蜡烛往生活的方向吹
只有两个人把它往心里吹
别人的屋子很亮屋檐却很低
那是因为他们心里的蜡烛已快要灭了
只有一个女人正在这个村子里疯狂地
拯救着——爱情

山地之秋

山地之秋，有彷徨之迹。我相信我的心里
秋天早已高过群居的文字。而鸿雁停落于暗夜的霜里
是很久远的事情。从早上薄薄的寒到午后被背影拉长的时光
需要被收藏的东西，不时探出怀外
构成秋霜的征兆。我的辽阔，空有一些误闯误撞的名词
远远低于山地之秋。每一场秋天来袭
都翻出一些陈年旧迹。说到故土，说到庭前桂香
仿佛高士之蹈步，秋月之于鹰眠
多少暗伤正形成于迹，人之自觉也开始麻木

独处山地之秋，由土而生之金正凝固。“金曰从革”
能柔能刚。于是从草本里析出之金正向下化水
而我徒有寻源之火，照不见人情寒暑
在暗夜里起身的候鸟，惊于山地，有泉潺潺起舞
一轮明月照见化水的金。它唯独穿过我的无眠
把秋天的虚数引向更深的载物之地

更深的载物之地，在臻于至善里

我听见帛巾那昂贵的撕裂，听见眉间尺正举剑涉江
一片肃杀。静至心寒。用山地里薄薄的草本起火
放八分的水，煮山里的明月。就要熟透时分
可以看见关于桂花的文字，袅袅升起
而一丁点血色的辣椒，正好抵住胃里的寒

更深的山里，更深的心事处
有人低低吟唱：原来姹紫嫣红开遍
似这般都付与断井残垣

石头

一辈子都在模仿海
一辈子都想挤出水
它唯一不可原谅的是，它比盐还咸
水都一一咸死于腹中
并任时间的鱼自由出入，一口一口地把
里面的浪花咬出来

我的安静是一块石头
我的喧哗也是同等质地的一块石头
从喧哗走向安静，究竟一块石头在它里面
发生了什么，我从不敢仔细去想
只感觉到是一堆晶莹的盐
有时把自己抓得太紧了

常常把自己抓得太紧
常常无缘无故就抓出一堆晶莹的盐
一块石头一直替我说出宿命
而我却假装无动于衷

夜里，我又一次陷入阱里
周围都是又冷又硬的石头
死的密度，遍布成手上的触觉
唯梦是石头上
一心想让自己走得更远的花

从画一张人民币开始

六岁的时候，别人把压岁钱塞到她手上的时候
她只对那个红色的纸套感兴趣
七岁的时候，她从我们小心地从纸套里拿出里面
红硬纸的动作里察觉到新鲜与异样
她的眼睛是一块饥饿的海绵
那年春节，她往别人给的红纸套里，小心地投进目光
我们没有看见的涟漪一圈圈地在她的心里化开
那年，我们只在她的房间里捡到空空如洗的红纸套
她攒够了一小沓钱，说，爸爸，给你的小车加油
然后它就可以带我去玩，买我喜欢吃的汉堡

七岁的那年春节，她悄悄给我一百块钱
然后我带她去买了好多烟花礼炮
剩下 62.3 元，和那夜的烟花一起绚烂地留在她的印象里
她偷偷找到妈妈，说爸爸不诚实，私下欠她 62.3 元
我说，没有啊，全花在烟花上了
那年她怀揣的小秘密，肯定比满天空的烟花还要寂寞

前年春节，我自己掏钱，买了好多烟花
其实也都是我在放，她在看
看完后，她拿出一百块钱，说，爸爸，还你的
然后她又偷偷找到妈妈，说爸爸又要了她一百块
烟花钱。结果我百口难辩，只好把一百块钱退还给她
又过了几天，她又反悔了，把一百块钱又塞给了我

去年春节，她说，反正我是会还你钱的
你再去买烟花，放给我看吧
后来，她的许诺和去年的烟花一样，绚烂后
再也不留痕迹。后来，我忍不住，提出履行合同
她把妈妈教的话转给我：大人怎么能向小孩子要钱
我自知理亏，神情就像春节里那根劣质的燃烧棒
一半红着，一半青着，我还在拿着

昨天，她说她要给我一百块钱
她在桌上吭哧半天，画一张人民币
被她涂抹得花枝招展的人民币，让我想到
街上打折出售农村的劣质衣服。她的脸上
粗浅地映出商人的神情。曾经那里是一条幽静
的乡村小路。我无语得像她画不出的那些防伪记号

她拍着小手一直咯咯地坏笑着，人民币的编号
少了四位，而且都是0。0其实是最神秘的符号
就像她此刻正想变成1的心事

握手

这高贵里的礼仪，其他生物怎学得会
这矫情里的人儿，他们已经
把另一只舌头含在手心里

上帝的小秋千，在两具肉体之间
晃呀晃。两只小鱼儿的接吻
往往让人忘了两片汹涌的海

我们在同一时间，向相反方向用力
却被握手的动作完美诠释
接下来转身，用背离开，直到距离足够
隔开一切

你的下手位，其实空虚到
无法让另一只手继续用力地站稳
我的掌心一直在说谎
如果可以，我希望一切到手为止

下一刻，我希望握手的人
是
上帝

海子与王杰

当海子用人种的辨别度写出《亚洲铜》的时候
王杰正在峡的另一边，用一块磁铁
排布着他的成名曲《一场游戏一场梦》
同等忧郁的诗人与歌者，背后的祖国正分而治之
他们从不认识，互不联系
入住不同颜色的屋子也无法选择
他们一起发芽，同等悲郁
用冷清的星光与身体里的叹息
抵达通灵的载体——也有人说那两种载体
一个是时间的左脚一个是时间的右脚
而隐者总在万物之间，在特定的人的内心
先是紧紧抓住，后又突然松手，后又紧紧抓住
于是天之南，海之北
在正数的天堂与负数的世界之间
我们的身体正好构成地狱
时间用它的左脚与右脚
在我们的身体里一级一级地往上移
至少我认为海子与王杰在某个时候构成了我的时间维度

现在它要停下来，需要我把一本海子的诗集与
一张王杰的碟片放在一起，叠进我苦难的脚步里
就像两个枝条互搭着
支起一个又温暖而又潮湿的角落
每当我走进去
它们开始说话
并达成一种默契
就像打开两个窗户一样
阳光不会因角度不同而改变
这人类的方向与我的思考

当海子在德令哈只想着姐姐而不想人类的时候
王杰正在一无所有的那间空房子里
想着天上飞的是谁的遭遇
他们的根，在地下，在特定的人的内心
互相转换
现在一个已在天堂
一个还在唱歌。只是我不知道我要把更多的思考
投向谁

爱的纬度

警察记

（1）入警记

世间多风雨，世间给自己建了一座座林立的钢铁丛林
台阶森然矗立于陡长的影子里
母亲是农民，她耕耘的土地已埋葬了二十多个王朝
有时她把稻谷种在明朝的坟地上，用镰刀割下整个戚继光
有时她把豆子种在民国的咖啡杯旁，闲散岁月便回光返照过来

那一天，当我庄严地立在这座神圣的楼房里
当我把手举在太阳穴处宣誓，忽然想起母亲
想起她忠于土地的伟大与贡献的一生
她永远要留在她的自留地里，低于一切地耕耘
她把我当作她这一辈子最得意的一株植物
往我身体里填进很多明朝的稻谷和民国的豆子
而我沿着社会主义道路的青石板一直前进
并把母亲当作过期的人类
今天，我忽然在宣誓里找到母亲的身影

她像一棵匍匐上的菟丝子，在字里行间挣扎生长
永远无法蹚进这片土地上的楼里

此刻，她挣扎于我的额头
我的指肚，因夕阳而疼痛

（2）巡警记

最底的警察，就是巡警
巡警住的楼层，自然是楼里最窄最低的那一层
再往下，住的是警车和电工
这一层常常断电断水，我便在楼梯口喊电工
电工小王便装模作样地挟着一把螺丝刀
用嘴巴检查着电路：这也没坏，那也没坏
坏的是上一层，他们一往高处用劲用力
这里准短路

小张现在的名字叫烈士，现在他睡在安静的水泥地里
每当我睡在小张值班的床上，我会对床的每个疑窦支起一个个的耳朵
小敏现在的名字叫镇长，他投戎从笔，捡到一张最得意的考卷
每当我擦着小敏用过的枪支，我会对滋生于膛内的铁锈持不同看法
小云现在的名字叫所长，他把老局长叫岳父后，迅速改名成功
每当我看到墙上贴的励志故事，我更想把照片往下拉出他下半生的姿势

(3) 派出所记

那座山里的蓝色房子，我以为住进去
会变成蓝精灵。我以为一加一只能等于二
一除以二就是白天黑夜各占一半
现在我习惯用一溜长的蓝砖记日子，用结绳的老方法记事
早饭后，我们就沿着一个汉字，深入到家长里短中
闪烁的街灯不闪烁的水泥地都砌满了眼睛
老李的胃常压着明清的药铺，他取出大量的甘草
以至于胃早早就下垂，低到一盏煤油灯里无氧燃烧
豆绿色的光晕在脸上堆呀积，就像村外的坟墓
老张最得意那些长在腿上的草书，他每天用它们做弦
一奏就是十里长音。他梦见一叶扁舟在经纬之间穿行
急忙惊醒起身，披衣遥望，三千里故土，只有星光和霜雾最近
小青三年前结婚，常翻着字典要为自己总是迟迟不见的后人取名
他把这名字取得如此猴年马月，让我想起一个公安诗人的口语诗
是不是因为等不到隐喻而把句子放逐在平淡中
也不能怪他，每半个月才能回趟家
有时遇到汛期，不得不在干渴中想象着一根极想走火的干柴
至于当家人的所长老黄，月亮走，他也走
一晃十年间，他迎来送往，把自己当作嫁不走的桥头
他拍着每个远走的肩膀，说，有空就回娘家看看吧

（4）治安大队记

摇摇晃晃，我这叶浑浑噩噩的扁舟走了大半个县城
又流回了机关。在治安大队的审批条子上
计算着机关的墙。没有什么是对与不对
作为中国人民存在的各种依据，这里占了
十三项。比如声名赫赫的户籍制度
现在我必须赞美它的存在，就像赞美猴子那根平衡的尾巴
除此之外，我还必须赞美各种检查活动
检查旅馆，像在一首诗里寻找诗人的呼吸一样寻找非法入住的词
检查每把话筒，保证它们长成一株绿色的植物而不蔓不枝
检查商铺，收缴计划生育外到处流浪，一触即发的急性子炮仗
我们忙得适得其反
他们说，那是一些脸上写满欠款的条子
于是我们一直走在别人的口水里
操着国家意志的心

警嫂

1

这是一个好女人，兄弟走了好多年
她还是警嫂。前天清明节，我们又去看兄弟
她带着孩子也来了。兄弟走的时候，孩子比兄弟
的墓碑还矮。现在墓碑只到他的肚脐
习惯在无语里做完该做的事。墓场只剩下动词
我在两次鞠躬之间忽然发现
她的妆化得比去年还浓，特别是眼角的地方

一切礼毕，我们几个坐了下来
开始弹他那把最喜爱的吉他。她也安静地坐着
只有孩子蹦蹦跳跳，就像枝头的鸟
天边飘来一幅墨青的画
她便偷偷地把几颗眼泪洒落在墓场里
然后像一朵山茶花一样，站起来，和孩子一起
向我们鞠了一躬

谢谢大家，谢谢兄弟们
改天我替兄弟请你们喝酒

这时雨“啪啪”地拍响了所有手掌

2

如果有来世，她想回到多年前
回到那个安静的夜晚
她只要不说出痛，现在也许就没这么痛
她说她还是尊重他的选择，如果他没做出那样的选择
这一辈子她也不会原谅他

那天，她说这里有点痛。那是在心的地方
他赶忙披起衣服，往一公里外的药店奔去
往一场越来越浓的夜色奔去
往一场正在药店外发生的抢劫奔去
然后，然后就没有然后了
从此，她在心的这个地方，建立了隔绝区
再也不见她提及那个地方，会有痛

她说，一辈子最痛的事，已经发生了
就再也不会有痛了

3

多年前，他做过一个梦。那天我们一起巡逻
他忽然讲了出来
他说　他昨天夜里梦见有一把刀穿过他的心脏
却没有感到疼痛，相反，他看到一束白光
那束白光无比温柔地包围着他，蹭着他
就像爱人的怀抱

第三天，他就真的出事了
他只向我提及那个奇怪的梦，他说　他就像是去完成
一项宿命一样。他将带走爱人那一颗害病的心
而她将用他有力的心继续活完这一辈子

在他的遗像前，她始终像一棵青松一样跪着
手指不断地在地上画着一个相同的汉字
后来，她昏了过去
我们才知道，她画的那个汉字
叫心。草席刚好掉落出一截锐利的草骨，指着它

草席刚好掉落出一截锐利的草骨，质问着它

生命是最高的诗行

——谨以此诗缅怀肃宁县牺牲的警察同仁

生命是最高的诗行
他洒在一张白色的纸上
白是贞洁是悲伤是悼念是光的集合形式
当他的脚步戛然而止，一世之重在倾泻
一颗星星将得到新的力量
我只是复述者
我无法进入那扇已关闭的门
探讨河流，高山，乃至突然增亮的一颗尘埃
怎样划亮原本黑暗的部位
我会很诚实地记录一场光影在变虚中
拯救的终极意义，往往在电光石火之间
被点燃。他积攒的光决定最后的方向

就像诗一样，无论发表或未发表
诗人无法拒绝它的形成
没有后悔的补丁，不能有错别字
生命，我们天天在书写它，叙述它，修改它

这么多年，依然有那么多黑色的蝙蝠
把星辉一次次地玷污
这么多年，把石头磨亮的人，他身体里的
河流一直保留着星辉的样子

忽然读懂为什么人类总是占据着
所知生命的最高形式
那些白纸上的诗行
是一寸一寸向上跋涉的海拔
唯疼痛是神秘的暗物质
是打开另一扇门的钥匙
而打开那扇门的诗行
每次总是用牺牲的疼痛
准确地抓到人类的终极目标

庆安的枪响

（1） 中国式的开枪

当民警李乐斌扣动庆安的扳机
中国无数条狭窄的死胡同都纷纷回响
把枪响推回庆安
把目光推回车站
把子弹推回枪膛
把扣动推回意志
把法律推回议程
把真空推回真理

中国式的演义
僵化的舞台与血栓的道义
惺惺相惜
饮弹身亡的人像皮影一样一跃而起
一万个人用线牵着他
一万个人的舞台闹哄哄

开枪的警察，你手里的事实绝不够分
你必须要有一万张嘴巴
一万条神经
一万条退路
你只是一棵小草

一万担担子在你身上
中国式掏枪，啪的一声，短暂
难以收拾
每一颗子弹都系着一万担担子
你只是一棵小草

在春天里执法
别人都用冬天厚重的眼皮看你
每一颗子弹都想发芽
每一颗子弹也会在冬天里迷路

（2）农夫与狼

农夫遭狼咬一口，思维方式竟痛了中国几千年
在庆安的枪响中，又有一名农夫缓缓倒下
于是狼迅速被还原到持枪者的身上
其实那一刻，我也相信，狼来了

打狼的声音很快便高过庆安正常的枪响

农夫是弱者，他的生命短巷，无法栽上一丛怒放的花
打狼的人开始制造一场掀风追魄的道具
农夫迅速变成中国眼球里最需博取同情的人

一个酗酒之人，一个虐待儿女之人
一个只有他自己没有别人的自私者
开始转身为失去土地的上访者
简单的迁移变成一次勇敢穿越中国民生短板的旅行

中国拥有又黑又厚的土壤已有几千年
中国，这个在英文里极易破碎的词，总想再过一把火
打狼的人恨不得杀尽全天下所有的狼
打狼如今已成为中国最饕餮的一种行动

隔着精神的栅栏，我看见那些被狼吓坏的人
正在长成为新的狼种。他们的手开始长出智昏的利爪
安庆的枪响是一面极好的镜子，恐惧而想当然者
都照见自己身体里潜伏的那匹歇斯底里

（3）众珠难调

小民警李乐斌在庆安，在小小的火车站
一枪
紧贴着一沓正在修改中的法律文书
一枪打散了一盘中国式算盘

各种算法迅速撒落下来
他们是智者与制者与质者
俯拾擦拭中
一定要比一下谁握的珠子更大，更亮，更圆
果然是大事件，真正的大事件，难调的大事件

如果那一枪是逆向的，倒行，然后击中
小警察李乐斌
人们会说，那个警察真倒霉
李乐斌，除了在英烈上体面一回
然后所有警察将陆续返回课堂吃药
吃最新制作的一粒呕血药丸《论如何正确使用武器》
于是我们流泪做送服之水，照例用继承者的精神
把小警察李乐斌迅速忘成一桩不体面的
教材

但现在的这一枪，恰好击中了智者与制者
与质者的过敏源
他们抱着深刻的怀疑主义论
握各自的珠子，推算中国整盘的算术
小警察李乐斌恰好是现在这个中国式苦难群体的一员
恰好是这一堵劣迹与英迹相互雕砌的墙里砖
智者与制者与质者轻握法律珠子
推出这本是一群注定要去堵中国式漏洞的人
现在他们竟掌握了用枪

原来，这种民主国家警察的活法竟让他们不可思议
他们一定要道貌岸然地击溃这种决心
他们谙熟风的一千种推法
恰到好处地行走于弱者的呻吟上
然后把弱者牵走
甚至把国际空穴里的风都提进中国式算盘

智者与制者与质者，其实更适合去当警察
搜肠刮肚想着一篇拯救与觅缝的文章
不如去小小火车站当一天小小的警察
理性地处理好中国式纠纷
把中国的算盘，打出珠联璧合，内圆外满
的一章

我死之日

一切都将与此无关
唯我能听见生命之门隆隆合上的声音
宇宙的行者，交出物质的同时
必将带走心底善良的光芒

我还可以听见蛮荒之雨哭泣的一段
够了，即使我已分不出哪些雨点
是为蝴蝶，哪些雨点是为悼念的亲人
哪些雨点是为受洗的灵魂
只要有一场雨为我空出一切
轻轻地整理我遗留的足迹
供一双安息的脚在永世黑暗的地方
用回忆取暖

有时，那些蹦蹦跳跳的蚂蚱
或一群翩翩起舞的蝴蝶
它们的行走如果让你觉得似曾相识

请在我永世安息名字下
放上一束鲜花

够了
这足以构成我死之日的唯一意义

拯救

丈夫竟劫持妻子。可怜的女人一定在内心
受尽自己的讽刺。李姓丈夫刚喝完酒
在外面的酒桌上抓到一个颤巍巍的秘密
他的女人在外面有人
可怜的女人极其黯淡地说：随你便
于是丈夫拨打了110：我正在劫持一个女人

先是谈判，丈夫边用一把刀抵在女人
温柔的后背，边气急败坏地和警察
隔着窗户商量着危机处理
男人坚持至少要给个200万的
青春赔偿
男人用另一只没有握刀的手使劲地摸了
一把女人的臀部。花园曾经对他全部开放
他是它的另一个主人
现在这个抚摸的角度陌生、尴尬
女人不安地支起左边的眉毛

瞳孔缩小，足够冷却，不让昨天的一切进入

邻居们一起大笑：小李，你算个渣男
这样对待自己的女人
你李家的狗都在笑话你。畜生
男人不放松地把刀抵在女人的后背
号啕大哭
政府的钱和一个家庭的青春正在角力
丈夫和歹徒正在角力
女人和女人也在角力
莎翁说得多好
让女人走开，她又能做些什么

歹徒用丈夫的另一只手掩埋着失去主人的泪水
与一只狗在院子里的狂笑
它们清晰尖锐、无法被歹徒完整擦掉
它用坚持撞着房门，像是在撞着一颗颗的心
撞着自己头上无辜的姓氏
狗和另一只狗正在角力
扶不起的现场，一直在倾斜

忽然一颗星星跌倒，落在院里的水井
那是一阵搏斗后，一颗被撕碎的警徽
歹徒终于被扑倒。他站起来

发现左边口袋少了一件东西
而女人往后一看，那个最陌生男人的背影
把女人的眼泪全部扯了出来

社会学家说得多好
人心的失衡是综合性问题，警察又能拯救多少

正在接受家暴的女人

紧张、忐忑、悲哀的女人，一身干净典雅的女人
一个濒临出走的女人，并不在意腿上瘀伤的女人
在她接近零度的眼神里，我读到一把潜藏的向内的刀
而她竟还未觉察到自己的危险
她以为轻轻地说出她正在接受的家暴
说出不幸的各自情况，说出已走失的上半身
就可以让命运缓和下来，让一把刀停止伸向自己
曾经她秘密地待在一个黑暗的角落
一个男人是她的猎物。现在她的蛛丝干燥、乏味
那个角落已变成汹涌的大海
而墨守是一只蜘蛛永世织不出的痛

她依然要做一个好女人，好太太，好妈妈
她怀疑爱情，怀疑男人，怀疑时光
她仍然需要呵护、需要哄骗、需要温存
她洞悉失眠的眼泪、洞悉光圈的不幸、洞悉伪装的孤独
她想做得好一点；她讨厌自己的软弱
她想挽回从前；她拒绝回忆并学会坚强

她走不出来；也走不进去。时光出现裂缝
并沿精神层面继续开裂
她只需要我们一个备案，证明她被家暴了
然后小心地拿出腿上淤积的时间
问我，够了吗
爱情已停止走动，虽然我不是表匠
我解释我们只能就涉及立案
与不立案进行法律上的探讨
我们不是社会维修部或废品收购站
无法为可能破损的事件提前准备挽救的工具或方案

哦，那就算了。她轻轻地叹口气
转身走了，走得就像我小时候走丢的那个妹妹

附　录

评论家点评

从沈国徐的诗歌中，我能感受到他激荡的诗情，仿佛波浪推动着波浪汹涌而至。他的诗歌想象丰富，见性见灵。诗行中有往事有人间烟火有爱有生命良知，诗歌在场、及物却又超拔、高蹈。他对汉语诗歌的热爱及心有尺规的写作态度，让我对他未来的诗歌境界充满期待！

——谢宜兴

对于福建诗坛而言，年近不惑的沈国徐无疑是一个值得研究的优秀诗人。

沈国徐的诗，大都很写实，我总感觉他完全可以去写小说。不难看出，近年来，沈国徐的诗大致呈现以下几个特点：

一，诗意往往随着引人入胜的情节自然呈现。

二，善于在冷静本真的“在场”叙述中释放诗人内心的焦虑、困惑、不安、矛盾以及卓尔不凡的人格魅力。

三，以深度体验为核心生命存在，形成情感、审美及语言向度的感性显现。

四，从自在到自为再到自觉，实现灵魂的多次探险。

五，运用类似于纪实性多维度艺术手段，揭示生命、人性及精神的深层意蕴。

六，有法无法的个人语法促使诗的“伤口”发酵、变异、扩展，耐人咀嚼。

七，语言表述含蓄、克制、灵动、调侃、反讽，甚至啰唆，然而，读罢，常令人沉默不语。

——郭杰：诗人、评论家

沈国徐的诗歌，首先具有“传染因子”的优越性，不是利用诗歌语感一成不变的速度加剧，更不是以叫嚣姿态，抑或戮虐文字的手段作为诗歌描述取向。他遵循内心的感觉，寻找事物频繁触碰的规则和真理，更趋向诗歌伦理性、诗歌社会性矛盾的鲜明写真。在他笔下诸多的诗歌篇幅描绘中，恰到好处地放缓思想冲击带，在浅显的色调中预留思考空间，让内心的质问与疑虑，以柔韧的画面感暂时止歇沉静，从而打开一条释放心灵空间的捷径。在语言迷宫的神秘探索中，沈国徐的诗歌从未把传统的诗歌体制彻底地分化出来，它始终以另一种朴素的表达方式，从人性的壁垒中独立出来，并通过多重隐喻与心理夸张，同异并置的语句传达，把渲染的基调演绎成危机潜藏的暗示，或是褒贬明快的多点状思维放射。《山地之秋》节选：更深的载物之地，在臻于至善里/我听见帛巾那昂贵的撕裂，听见眉间尺正举剑涉江/一片肃杀。静至心寒。用山地里薄薄的草本起火/放八分的水，煮山里的明月。就要熟透时分/可以看见关于桂花的文字，袅袅升起/而一丁点血色的辣椒，正好抵住胃里的寒。“更深的载物之地，在臻于至善里”这样的隐喻揭示了一个国度的信念和文化信仰。“帛巾那昂贵的撕裂”破译了风声的形容，让“风声”具有形与色的特质，并昭告为一场摧毁和重建文明的理想体制。在这种亢奋的步伐中，“眉间尺”这个刺客迅速地登场，但并未完成“刺杀”的动作，而作者只凭借一个镜像，作为“听”的心情的辅证。把一片江山置于肃杀的气氛中，由静而深入至寒的眼之所见。借由“我”的单点论叙，作者转而用舒缓的笔触，把自己安置在场景之外，用宏大的场景掘开内心的缺口：用山地里薄薄的草本起火/放八分的水，煮山里的明月。就要熟透时分/可以看见关于桂花的文字，袅袅升起/而一丁点血色的辣椒，正好抵住胃里的寒。在这里，作者引用了一个看似模糊的量值“八分的水”，这种对比的参照是相对宽阔灵活的。它没有具体的刻度，只有类似于禅偈的虚拟应对。透过山里的明月，刻画出时间的流溢过程。值得称誉的是：明月在作者的感知中，它更像一枚有季节时序的果实。这种立体的描摹，让诗歌色彩呈现新鲜感。“看见”的，其实并不只搁浅于文字的表面与抒情。“桂花”的文字，在赋予形的同时，它后发而先至的馥郁，使意象栩栩生动起来。

——藏剑：晋江许云宜

这是一个“用自身的器官，挖出与我们有关的河流”的人。沈国徐，诗歌界新秀，柔刚诗歌奖新人奖获得者，一个试图以其诗歌语言触摸现实的裸露部位的人，比与他同辈的很多人更加逼近当下人世保守与惰性的存在。

我想说，他并非要在历史和现实的幕景前保留一颗纠结的心，而是力求在理性与虚无中延伸自己的人生经验，去碰撞那些合乎意料、想象和意向的东西。“一千多年前，第一块墨开始孤独地旅行/它们用体内的黑色蚂蚁不断搬运着自己/爷爷只是目击者”，他不是要去挖掘社会性存在的原因、目的和必然性，他也无此能耐，但他却看到了非理性的世界的客观性，而不掐断连接这个世界与他的存在之间的脐带——世界独立于他，但又与他的命运息息相关。风雨不惊，鬼神飘过；一怀愁绪，几年离索。他在那些有浓重画面感的情境中加入他被感知、被幻想的元素，这或许有助于使他将生活中荒诞的一面转换为道德上的确信，并在否定中寻找出人性与价值的一面。

“能借个地方说话吗/青春不在，故人大多远去/时间就像一把毒药”，“我们用鸟笼俘虏了生殖/时间真的与我们怀有共同的方向吗”，对于国徐而言，意义、秩序和生命是软弱无力和充满不可表述性的，但却可以进入杂乱、盲目、险恶的力量而获取他所匮缺的个人主观性和内省体验。这恰恰是一种在不放弃对荒谬世界的批评和对人的处境的强烈关注之下的求索，要是并不是对心灵的促退而是产生积极的价值呢？“她们轻轻地弹着烟灰/就像在弹着自己”，这世界在某时某刻无疑就是自己内心的镜像，它与本质和态度无关，它与自由和限制无涉，它与人格和超越无碍。

虽然“三十年前的油烟，一直在我的身体里/诉说着优柔寡断的命运”，国徐却在其文本中表露出在异化的现实中抵御沉沦的对自我的坚守，他在文字中完成了在紧张与冲突的边缘处境之下内心的独裁。当下诗歌界多数个性化诗人已在类型化诗人中消失不见，而我看到的国徐的身影，越来越清晰。

——巴　客

沈国徐让朴素的表述富有韵致；他的诗，日常经验常在朽腐之地再生，主诉者富有悲剧感而又不失生趣，寓言往往能在瞬间生成——这一切昭示，他将有能力在诗与当代汉语之间形成珍贵的互补关系。

——柔刚诗歌奖组委会

沈国徐的诗耐读，是因为你能从他慢悠悠的叙述中还原出诗中所指向的生活场景及世相众生。慢悠悠是他惯用的语调，因为他要转换，用象征的隐喻的词汇转换他遭遇到的复杂的残酷的人间事——这转换如此艰难以至他字斟句酌。这转换如此必要，它检验了一个诗人的手艺，同时也来自传统中国之于一个中国人的诸多限制——对于你的所见所闻所感，你只能局部说出。就是这样。

——安琪：著名诗人